異世界の
聖機師物語

異世界の聖機師物語

原作:梶島正樹
著:和田篤志

ファンタジア文庫
1570

口絵・本文イラスト　エナミカツミ

目次

プロローグ

日が沈《しず》みかけて、聖地《せいち》が茜色《あかねいろ》に染《そ》まる夕暮《ゆうぐ》れ時――。

背《せ》の高い一人の老人が聖地にふらりと現《あらわ》れた。老人といっても、背筋《せすじ》はピンと伸《の》ばされ、足取りにも淀《よど》みはない。

門番の男は老人に対して最敬礼《さいけいれい》の姿勢《しせい》を取って迎《むか》えた。もっともその表情《ひょうじょう》はどこか迷惑《めいわく》そうでもある。

「あまり問題を起こさないで下さいよ……」

門番の呟《つぶや》きは老人には届《とど》かない。

背の高い老人は勝手知ったる様子で、関係者以外立ち入り禁止《きんし》と表示《ひょうじ》されたゲートを無《む》造作《ぞうさ》に潜《くぐ》っていく。

夕日に照らされ長く長く伸びた老人の影《かげ》は、聖地の地下施設《しせつ》へと続く通路に達していた。

背の高い老人は地下施設の奥深《おくふか》く、聖地職員《しょくいん》すらも滅多《めった》に踏《ふ》み込《こ》まないエリアまで下りていき、そこで立ち止まった。

二人の老人が、背の高い老人の前に立ち塞《ふさ》がった。一人は小太りの老人でにやけ顔を浮《う》かべている。もう一人は、見事な白髪《はくはつ》と白髭《しろひげ》が目を惹《ひ》く闊達《かったつ》そうな老人だった。

「おお、お主ら、久し振《ぶ》りだのう。実際《じっさい》に顔を合わせるのは……三年振りか」

背の高い老人は二人と握手《あくしゅ》を交《か》わし、お互《たが》いの壮健《そうけん》振りを称《たた》え合う。

「ですがやっぱり寄《よ》る年波には勝てませんね。身体《からだ》中にガタがきましたよ」

白髪の老人は手や足の関節を擦《さす》って、小さく溜《た》め息をついた。

「げへへへへ、情《なさ》けないのう。ワシはまだまだ若《わか》いもんには負けんわい。今から現役《げんえき》に復《ふっ》帰《き》してもいいくらいじゃ」

小太りでしわがれた声の老人が横から口を挟《はさ》むと、手を腰《こし》に添《そ》えて胸《むね》を張《は》った。

白髪の老人は頭を掻《か》きながら苦笑《くしょう》を返す。

「あなたは相変わらずの色ボケ振りですね。引退《いんたい》は少々早すぎたのではないですか？」

「まあ、血が濃《こ》くなりすぎても拙《まず》いからのう」

小太りの老人は抜《ぬ》け抜けとそう言うと、白髪の老人の揶揄《やゆ》に気を悪くするでもなく、楽しそうに笑っている。

三人は貶《けな》し合いもできる悪友といった関係だった。数年振りに会おうとも、お互いのことは知り尽《つ》くした仲だ。同じ境遇《きょうぐう》の者同士の強固な絆《きずな》は、断《た》ち切られることはない。

「それで、あんたが見つけたというのはどいつだ？」

背の高い老人が、先に来ていた二人に聞いた。

薄暗《うすぐら》い地下施設の一角に、鮮《あざ》やかな立体映像《えいぞう》が浮かび上がる。三次元投影《とうえい》モニターには、一人の少年の姿《すがた》が捉《とら》えられていた。

「ほう、若いのう……」

背の高い老人は唸《うな》った。かつての自分の境遇と重ね合わせて、一瞬《いっしゅん》物思いに耽《ふけ》る。

「間違《まちが》いないのか？」

「シトレイユの小娘《こむすめ》は隠《かく》しておるようじゃが、日常《にちじょう》の様子を観察しておれば、一目瞭然《いちもくりょうぜん》。ワシの目は誤魔化《ごまか》せんよ。フヒヒヒ」

小太りの老人は自慢《じまん》げに笑った。

「私の情報《じょうほう》と照らし合わせても、間違いないでしょうな。ハハハ」

そして白髪の老人も、あとを追うように笑った。

「カンと情報網《もう》……相変わらず、ボケていないようで安心しましたよ」

背の高い老人は、再《ふたた》び少年を凝視《ぎょうし》した。

「能力《のうりょく》は申し分ない。歴代の異世界人の中でも飛び抜けて……いや、異常と言ってもいいくらいじゃよ」

「ワウ・アンリーの出した報告を見る限《かぎ》り、白い聖機人《せいきじん》のパイロットという事は間違いありません。しかもキャイア・フランとワウの二騎《き》を翻弄《ほんろう》したそうですからね」

「ほう……」

それは聖機師の血統図《けっとうず》を、ガラリと塗《ぬ》り替《か》えるほどの存在《そんざい》となる可能性《かのうせい》があるということだ。

「だが問題は、今が召還《しょうかん》可能な時期ではないという事ですな」

「クックック。まあそれは今後の楽しみでいいではないか。この世界にやってきた経緯《けいい》はどうあれ、これは……」

「いい退屈《たいくつ》しのぎになる……ですかな？」

「そういうことじゃ」

三人は意地の悪い笑《え》みを交わし合う。

「この少年に幸《さち》あらんことを……」

「ほっほっほっ、しれっとした顔でよく言うのう。ではお主は止《や》めるかね？」

「何事も人生勉強ですよ」

「物は言いようじゃな。このクソじじいめが」

三人のしわがれた笑い声が、薄暗い地下施設《しせつ》にこだまする。

＊＊＊

聖地《せいち》地下施設の中央コントロール室にて、当直の二人が様々なディスプレイの数値《すうち》をチェックしている。

「……ん？　先輩《せんぱい》、三号炉《ろ》の出力値の誤差《ごさ》が増《ふ》えています！」

後輩《こうはい》らしき男は横に座《すわ》っている男に注意を促《うなが》した。大型結界炉の出力値と施設で使用している値《あたい》に誤差が出ている。

「なに？」

だが慌《あわ》てて男が凝視《ぎょうし》したモニターには、問題となるエラーは無く、計器類は全《すべ》て正常運転を示《しめ》していた。

「結界炉に問題が無いのなら、例の大深度地下空間の施設が喰《く》ってるんだろう」

「あれ、ですか……」

聖地には、教会が使用する遥《はる》か以前からの施設や、大崩壊《ほうかい》より古い遺跡《いせき》が多数存在している。驚《おどろ》く事に聖地で稼動《かどう》している大型の亜法《あほう》結界炉十基《き》中、三号炉は大崩壊時代以前の物だった。そしてそこからの出力ラインは特に複雑《ふくざつ》に入り組んでおり、どこにエネルギーを供給しているのか、誰も全貌を把握できていないという、得体の知れない状態となっているのであった。

「どうします？　一旦《いったん》落として点検《てんけん》しますか？」

「放っておけ。よくある事だ」

「しかし変な施設が生き返っているとまずいんじゃ……」

後輩の男は不安げに先輩を見る。

「結界炉自体に問題があるわけじゃないし、エネルギーは有り余《あま》ってるんだ。少々漏《も》れていたところで困《こま》りはしないさ。だいたい調査《ちょうさ》って、誰が行くんだ？」

「……それもそうですね」

例年この時期は技術者《ぎじゅつしゃ》が大量に引き抜《ぬ》かれて人手不足なのだ。いちいち調査などやっていたら、他の業務《ぎょうむ》に支障《ししょう》が出てしまう。

「でもあの辺りって何があるんすか？」

「知らん。噂《うわさ》だと大崩壊以前の遺跡が今も生きてるって話だが……」

「大崩壊以前の……ですか？」

後輩らしき男には、そう言われてもピンと来ない。もはや神話と言ってよいほど昔の話だ。

「聖地の地下については、他にも色々とおかしな噂があるんだよ。下手に踏《ふ》み込むと二度と出られないなんて言われているくらいだしな。そう言えば……」

先輩の男は、急に声を潜《ひそ》めた。

「三号炉の出力誤差が出る時って……変な事が起こるって聞いたな」

「ちょっ、やめて下さいよ」

当直の二人以外、誰も居《い》ない薄暗い中央コントロールルームで、声を低めて囁《ささや》くように語る先輩に、後輩の男は顔を青褪《あおざ》めさせて首を振《ふ》った。

「僕《ぼく》、そういうの苦手なんですから」

「わははは、冗談《じょうだん》だ。とにかくこれ以上出力が低下しなければ無視《むし》しておいていい」

先輩の大きな笑い声に、後輩の男はホッと小さく息を吐《は》いた。

だが当直の二人は気がついていないが、三号炉から伸《の》びた出力ラインの先では、三人の老人が楽しげに変な細工をしているのだった。

第一話

§1

柾木《まさき》剣士《けんし》は息を殺したまま、十数メートル先の獣《けもの》に狙《ねら》いを定めた。獲物《えもの》の警戒心《けいかいしん》が薄《うす》れる瞬間《しゅんかん》を狙い打つ。

（……今だっ！）

自作の弓から放たれた矢は、勢《いきお》いを失うことなく、真っ直《す》ぐに獣の眉間《みけん》に突《つ》き刺《さ》さった。断末魔《だんまつま》の叫《さけ》びすらなく、獲物は倒《たお》れ込む。

「よし」

仕留《しと》めた獲物に満足して、剣士は今朝《けさ》の狩《か》りを切り上げた。

聖地《せいち》学院《がくいん》での下働きの生活は、順調そのものだった。剣士の一日は学院裏《うら》に広がる森での狩猟採集《しゅりょうさいしゅう》から始まる。トレーニング代わりの毎朝の習慣《しゅうかん》だった。

成長途上《とじょう》でまだまだ小柄《こがら》だが、均整《きんせい》の取れた体格《たいかく》は見事に鍛《きた》え上げられており、身のこなしには全くと言ってよいほど隙《すき》がない。

　異《い》世界に放り込《こ》まれたときはどうなることかと思ったものだが、紆《う》余曲折《よきょくせつ》のあと、シトレイユ皇国《こうこく》の姫皇《ひめおう》ラシャラ・アース二十八世の従者《じゅうしゃ》となり、今は聖地学院の上級生寮《りょう》で下働きをしていた。

　元の世界に戻《もど》る方法はわからないが、それなりにこの世界に馴染《なじ》み始めてもいた。自給自足ができる森もあるし、飢《う》える心配もない。

「剣士、また森で狩りか？」

「ラシャラ様、おはようございます」

　森から独立《どくりつ》寮に戻ってくると、剣士よりも背《せ》の低い少女が、夜着のまま眠《ねむ》そうに目を擦《こす》りながら剣士を見上げて言った。金色に輝《かがや》く髪《かみ》は、まだ寝癖《ねぐせ》がついたままあちこち飛び跳《は》ねている。

「そのような格好《かっこう》でうろつくと……侍従長《じじゅうちょう》のマーヤさんに、また小言を言われますよ」

「この独立寮棟《りょうとう》は我《われ》の部屋みたいなものじゃ。自室でどのような格好でいようと、我の勝手じゃ！」

　ラシャラは仏頂面《ぶっちょうづら》で口を尖《とが》らせた。

　まだ十二歳《さい》という若《わか》さながら、先日、シトレイユ皇国の皇王として即位《そくい》したばかり。聡《そう》明《めい》で人の上に立つ者として知略《ちりゃく》と度量も備《そな》えているが、時おりこうして年齢相応《ねんれいそうおう》の幼《おさな》さも垣間見《かいまみ》せる。

「やれやれ、マーヤ様も苦労するよな……」

「なんぞ申したか？」

「あ、キャイア！　おはよう！」

誤魔化《ごまか》すように横手から現《あらわ》れた、ラシャラを護衛《ごえい》するキャイア・フラン親衛隊長に剣士は声をかけた。

「おはよう剣士」

キャイアのショートカットの赤毛が汗《あせ》で額《ひたい》に張《は》りついている。剣の素振《すぶ》りを毎朝の日課としているようで、上気した頬《ほお》は健康的な色気を醸《かも》し出している。剣士よりも僅《わず》かばかり背が高い。聖地学院の上級生であり、優《すぐ》れた聖機師《せいきし》でもある。

「……ラ、ラシャラ様、なんて格好で！」

建物の陰《かげ》に隠《かく》れていたラシャラに気付いたキャイアは、血相を変えて駆《か》け寄《よ》ってきた。

「早くお部屋に！」

「せっかく早起きしたのじゃ。もうしばし朝の空気に触《ふ》れていたい」

ラシャラの頑《がん》とした口調に、キャイアはため息を吐《つ》きつつ、汗を拭《ふ》くために用意しておいたバスタオルをラシャラの肩《かた》にかけた。

「すまんの。それにしても剣士は、呆《あき》れるくらい順応《じゅんのう》しておるの」

ラシャラは独立寮の敷地《しきち》の隅《すみ》に建っている食糧保存《ほぞん》用の小屋を一瞥《いちべつ》した。王侯貴族《おうこうきぞく》用の独立寮は小さな城程度《しろていど》の広さがある。キャイアも剣士も、ラシャラの従者としてここに住んでいた。

小屋は先日剣士が学院裏の森から木材を調達してきて建てたものだ。釣《つ》った魚は干物《ひもの》にし、狩《か》った動物は燻製《くんせい》にしている。

「これなら一生ここで生きていけるわね」

キャイアが含《ふく》み笑いを浮《う》かべつつ、意地悪く言った。

「ええ！　そ、それは嫌《いや》だなぁ……」

方法はまだわからないけれど、いつかは元の世界に戻るつもりでいるのだ。一生この世界にいるつもりはない。

「もっとも、明日帰る方法が見つかったとして、そのまま帰す訳《わけ》にも行かぬがな。フッフッフ……」

悪徳《あくとく》商人か悪代官のようなセリフだ。

「そんなあ……」

「あのね、あんたはラシャラ様の命を狙《ねら》った重犯罪者《じゅうはんざいしゃ》なのよ」

キャイアは急に小声となり、辺りを見回しながら話し始めた。

「本来なら処刑《しょけい》されるところを見逃《みのが》してもらったってこと、忘《わす》れたわけじゃないでしょうね？」

「ううっ……」

「せめて恩《おん》を返してから帰りなさい。わかった？」

キャイアは睨《にら》み付けるように剣士を見た。

「……は〰〰い」

「ところで、今日は放課後に生徒会の歓迎会《かんげいかい》があるそうじゃ。剣士とキャイアも我の従者として出席してもらうゆえ、そのつもりでの」

「ええっ？　俺《おれ》も、ですか？」

「積極的に顔を覚えてもらえと言ったであろう？　生徒会といっても知った顔ばかりのはずじゃ。親睦《しんぼく》を深め合うのもいいじゃろう……ただし！　マリアは別じゃ。わかっておろうな？」

マリアはハヴォニワ王国の王女で、ラシャラの従姉妹《いとこ》に当たる。ラシャラと年も同じで、気が強い性格も似《に》ており、何かにつけ意見がぶつかる。

「は――い」

剣士の返事にラシャラは満足そうに頷《うなず》くと、着替《きが》えのために室内に戻《もど》っていった。

「だからって、無礼な真似《まね》をしたらだめだからね」

「うん、わかってる」

剣士の言葉に頷くと、キャイアもシャワーを浴びに屋内に戻った。

「う〜〜〜〜ん、っと」

ラシャラとキャイアから解放《かいほう》された剣士は、大きく伸《の》びをした。朝食の後は、生徒たちの寮《りょう》で下働きが待っている。今日もいい天気になりそうだった。

＊＊＊

剣士がここ惑星《わくせい》ジェミナーに召還《しょうかん》されてどれくらいの日が過《す》ぎただろう。

この世界にもすっかり馴染《なじ》んでしまったように思えるが、理解し辛《づら》い習慣《しゅうかん》には度々驚《たびたびおどろ》かされた。

何と言っても、戦闘《せんとう》兵器としての聖機人《せいきじん》と、それを操《あやつ》る聖機師の存在《そんざい》が大きい。聖機人とは、エナをエネルギー源《げん》とする高出力の亜法《あほう》結界炉を稼動《かどう》させることで、高機動を可能《かのう》とする十数メートルもの大きさの人型兵器だ。

エナとは目に見えないガスのようなもので、エナの海は海抜《かいばつ》五百メートル前後まで大気中に層《そう》を成している。エナの海には教会を中心に大小幾《いく》つかの国が栄えていた。シトレイユ皇国もその中の一つだ。

そのエナによる亜法を利用した聖機人は、凄《すさ》まじいまでの力を持つ絶対《ぜったい》兵器であり、各国の防衛《ぼうえい》と抑止力《よくしりょく》の要《かなめ》を担《にな》っている。そのため軍事バランスを保《たも》つために各国の聖機人の数は制限《せいげん》されており、全《すべ》て教会によって管理されていた。

ただし聖機人を操縦《そうじゅう》する聖機師《せいきし》は、亜法結界炉が放つ振動波《しんどうは》に対して耐久持続力《たいきゅうじぞくりょく》が必要とされる。この耐久持続力は、ごく僅《わず》かな例外を除《のぞ》いて遺伝《いでん》的なものであり、訓練でどうにかできるものではない。

数も増《ふ》やせず、訓練でもどうにもならないとなると、戦力向上のためには聖機人の質《しつ》を上げるしかない。つまり、より耐久値《ち》の高い聖機師が必要とされたのである。そして耐久値は遺伝的に決まるとなれば、聖機師の婚姻《こんいん》が国によって管理されるのは、必然の流れであった。

問題なのは、その男女比《ひ》に著《いちじる》しい偏《かたよ》りがあるため、男性《だんせい》聖機師は非常《ひじょう》に貴重《きちょう》な存在であるということだった。そのためこの世界では、男性聖機師には様々な特権《とっけん》が与《あた》えられている。その代わりに結婚《けっこん》の自由はない。退役《たいえき》するまで生殖行為《せいしょくこうい》を管理される。

　また異世界人《い》として召還された者は、例外なく亜法振動波に対して高い耐久値を示《しめ》し、優《すぐ》れた聖機師でもある。

　そんなわけで、剣士が異世界人であることが周囲に知れると、何かと面倒《めんどう》なことになるのは間違《まちが》いなく、ラシャラからも決して口外しないように釘《くぎ》を刺《さ》されていた。

‡ Recollection 1

　異世界に飛ばされて召還の遺跡《いせき》で目覚めた後、剣士は仮面《かめん》の男たちに拾われた。そこで右も左もわからぬまま、景色も見えない地下施設《しせつ》で聖機人の操縦訓練を施《ほどこ》された。

　仮面の男に従《したが》ったのは、シトレイユ皇国姫皇《こうこくひめおう》ラシャラの暗殺に協力すれば、元の世界に戻《もど》してやるという約束を信じる他になかったからだ。

　あの夜、ラシャラが剣士を受け入れなかったら、今頃《いまごろ》どうなっていただろうか。

＊＊＊

　満月に照らし出された深夜、シトレイユ皇国の移動船《いどうせん》スワンが、亜法結界炉《ろ》によって宙《ちゅう》に浮《う》かびながら聖地への巡礼路《じゅんれいろ》を進んでいた。

「ハア、ハア、ハア……」

剣士は亜法結界炉《あほう》の不快《ふかい》な振動波に耐《た》えながら、ひたすら待っていた。

『来たぞ、行け』

通信機から仮面の男の声が聞こえた。

剣士はラシャラ皇たちの乗るスワンを頭上に確認《かくにん》すると、コックピット内で聖機人を起動させた。甲高《かんだか》い音を立てて亜法動力炉が回転を始める。それに伴《ともな》い、聖機人は卵形《たまごがた》のクーンを突《つ》き破《やぶ》り、竜《りゅう》のような第二形態《けいたい》へと変態を遂《と》げた。

仮面の男の命令は不本意だが、それでも従うしかない。

「やらなきゃ……そうしなきゃ……帰れないんだ！」

剣士はそう叫《さけ》んでレバーを操作《そうさ》すると、聖機人はスワンに向けて飛び立った。

警戒網《けいかいもう》を潜《くぐ》り抜《ぬ》けて、スワンに着地する。ラシャラ皇の寝所《しんじょ》に程近《ほどちか》い場所だ。

出迎《でむか》えたのは赤い聖機人が一騎《き》だけだ。

『この船がシトレイユ皇国ラシャラ・アース陛下《へいか》のものと知ってのことか？』

その呼《よ》びかけは女性《じょせい》のものだった。事前に教えられていた情報《じょうほう》では、ラシャラ皇の親衛《しんえい》隊長が操縦する聖機人で間違いない。名前は確《たし》かキャイアといったはずだ。

『答えないなら、力ずくで確かめるまでのこと！』

赤い聖機人は問答無用で斬《き》りかかってきた。

剣士が操《あやつ》る白い聖機人は、両刃《りょうば》の騎士剣《けん》で受け止めた。一瞬《いっしゅん》火花が煌《きらめ》く。

剣士の役目はこの親衛隊長をここで足止めすることだった。その間に仮面の男が、ラシャラ皇を仕《し》留《と》めることになっている。

「はっ！」

剣士は力任《ちからまか》せに相手の剣を振《ふ》り払《はら》った。

体制《たいせい》を崩《くず》す赤い聖機人だったが、剣士は追撃《ついげき》を行わなかった。いくら元の世界に戻るためと自分に言い聞かせても、誰《だれ》かを傷《きず》つけるのは躊躇《ためら》われたからだ。

だがもちろん相手は手加減《てかげん》などするはずがない。

敏速《びんそく》に振り回される相手の剣を、剣士は軽々と受け流し、最低限《さいていげん》の身のこなしでかわし続ける。

赤い聖機人とほんの少し距離《きょり》が開いた瞬間、相手は左腕《ひだりうで》から立て続けに亜法弾《だん》を放った。

剣士は咄嗟《とっさ》にかわしたが、そのうちの一発が眩《まばゆ》い閃光《せんこう》を発した。剣士の視界《しかい》を覆《おお》う。

「むっ!!」

その直後、迫《せま》り来る殺気を察知して、剣士は無意識《むいしき》に剣で受け止めた。そのまま後方に飛んで勢《いきお》いを相殺《そうさい》すると、距離《きょり》を取って動きを止める。

相手はまさか避《よ》けられるとは思っていなかったのだろう。驚《おどろ》いているのか追撃が来ない。

「ハア、ハア、ハア……」

亜法結界炉から放たれる振動波《しんどうは》は、既《すで》に耐《た》え難《がた》いほどの苦痛《くつう》をもたらしていた。今にも嘔吐《おうと》を催《もよお》しそうだったが、堪《こら》え続けるしかない。

そのとき寝所の反対側上空で、爆発音《ばくはつおん》が響《ひび》いてきた。

相手は剣士が陽動だと気がついたようで、そちらに向かおうとする。

だがもちろん行かせるわけにはいかない。剣士は相手の聖機人《せいきじん》の前に立ち塞《ふさ》がった。

『どけ!』

相手の女性《じょせい》の怒鳴《どな》り声が聞こえてきた。

剣士と赤い聖機人は、再《ふたた》び斬り合いを始めた。


もはや稼動限界《かどうげんかい》に近かった。気を失いそうなほどの不快感が、剣士の心身を蝕《むしば》んでいく。

「まだなのか?」

仮面の男は上手《うま》く事を進めているのだろうか。

だが剣士の願いも空《むな》しく、二機の聖機人が上空に逃《に》げ出すのが、剣士の視界に入った。

そして通信から流れてきた仮面の男の声が、剣士の期待を打ち砕《くだ》く。

「こっ、この役立たずめ。お前が奴《やつ》らを抑《おさ》えていないから失敗したのだ！　私は残念ながら撤退《てったい》するが……、お前は責任《せきにん》を取って、ラシャラの命を奪《うば》え。そうすれば、約束通りにお前の身をあるべきところに帰してやる」

それだけを告げると、通信は切れた。どうやら仮面《かめん》の男は撤退したらしい。

（……命を奪え？　俺が？）

気分の悪さも手伝って、背筋《せすじ》に悪寒《おかん》が走り抜《ぬ》けた。元の世界に戻《もど》るためには、手を汚《よご》さなくてはならない。だけどそんなことが自分にできるのだろうか。

でも他にどんな方法がある？

自然と手が震《ふる》え出す。迷《まよ》いは剣の動きに現れ、微妙《びみょう》に力加減《ちからかげん》が甘《あま》くなる。だが今すぐ覚《かく》悟《ご》を決めなければならない。

しかし剣士のその葛藤《かっとう》を見越《みこ》したかのように、相手の赤い聖機人が仕掛《しか》けてきた。

先手を取られたが、それでも後《おく》れを取る剣士ではない。尻尾《しっぽ》まで使って、相手の聖機人の足を払った。

無駄《むだ》な殺生《せっしょう》はしたくない。

覚悟を決めないまま、ラシャラ皇のいる寝所《しんじょ》に向かった。

だがそこに別の聖機人が、剣士の前に立ちはだかった。

「もう一騎《き》いたのか……」

せっかく親衛《しんえい》隊長のキャイアをここで足止めしていたというのに、仮面の男が暗殺に失敗した理由をようやく理解《りかい》した。

稼動限界も近いこの状況《じょうきょう》で、二騎を相手にするのは、さすがの剣士でも荷が重い。

（……それでも……）

「帰るんだ……。絶対《ぜったい》、帰るんだ！」

剣士は亜法《あほう》結界炉《ろ》のリミッターを外した。癇《かん》に障《さわ》る甲高《かんだか》い回転音が唸《うな》りを上げる。そしてそれまでとは桁違《けたちが》いのスピードで、赤い聖機人に襲《おそ》いかかった。

赤い聖機人は、剣士が繰《く》り出したたった一撃《いちげき》で右肩《みぎかた》を破壊《はかい》され、その場で動かなくなる。新たに現《あらわ》れた聖機人が火薬式の銃《じゅう》を発砲《はっぽう》してきたが、剣士は銃口の向きを見極《みきわ》めて悉《ことごと》くかわした。そのまま一気に距離を詰《つ》めて、止《とど》めを刺《さ》そうと狙《ねら》いを定める。

だがそこまでだった。

「うわあぁぁ！」

凄《すさ》まじい高機動性能《せいのう》を発揮《はっき》した剣士の白い聖機人だったが、その代償《だいしょう》は大きく、聖機人は自壊《じかい》を始めた。バラバラと装甲《そうこう》が剝《は》がれ落ち、四肢《しし》が末端《まったん》から黒く変色していく。

「止まれっ！　止まれって！」

慌《あわ》てて過《か》回転を始めた亜法結界炉を制御《せいぎょ》しようとしたが、もはや手に負えない状態《じょうたい》だった。

「ううう、うわあぁぁぁあっ」

頭が割《わ》れるように痛《いた》む。

聖機人の崩壊《ほうかい》は止まらず、二つあるうちの片方の亜法結界炉が脱落《だつらく》した。だがそのお陰《かげ》で振動波《しんどうは》が弱まったのが幸いした。

「うううぅっ……、ラ、ラシャラを……」

剣士は気を失うことなく、意識《いしき》を奮《ふる》い立たせて寝所に向かう。

しつこく追ってくる赤い聖機人が片手《かたて》で斬《き》りかかってきたが、剣士の白い聖機人は剣《けん》を叩《たた》き折り、あっという間に行動不能に至《いた》らしめた。もはや手加減ができる状態ではない。

最後の力を振《ふ》り絞《しぼ》って寝所に取りついたところで稼動限界だった。

剣士は白い聖機人から降《お》りると、よろめく足取りでラシャラのいるバルコニーへと向かった。

ラシャラは月の光を浴びながら、悠然《ゆうぜん》と剣士を待ち構《かま》えていた。そこにはある種の気高さと美しさがあった。

「大した戦い振りじゃったぞ、聖機師殿《せいきしどの》……」

初めて耳にするその声は、幼《おさな》さを感じさせつつも、確固《かっこ》とした意志《いし》の力と聡明《そうめい》さを感じさせた。

だが元の世界に戻るためには、この少女を殺さなくてはならない。

「お主、男か？」

ラシャラがなぜ驚《おどろ》いているのかわからないが、襲《おそ》われかけているというのに怯《おび》えている様子は全くない。

自然と短剣の剣先が震え出す。剣士は目を閉《と》じて、もう一度自分に自問した。この少女を殺せるのかと……。

「…………」

剣士は短剣を地に落とした。

「お前を……連《よご》れていく」

自分で手を汚すことができない以上、仮面の男のもとへ連れていくしかない。

「ほお、我《われ》と駆《か》け落ちしたいと申すか？　それは魅力《みりょく》的な提案《ていあん》じゃが、見れば、お主、ずいぶん酷《ひど》い亜《あ》法酔《ほうよ》いのようじゃの。そんな様で、我をさらっていけるのか？」

剣士とラシャラの視線《しせん》が絡《から》み合う。

そのとき、背後《はいご》で扉《とびら》が開く音がした。背後から切りかかってきた何者かの剣をあっさりかわすと、後ろも見ずに相手の腕《うで》を取って前方に投げ飛ばした。

ラシャラの親衛隊長を務《つと》めるキャイアだった。月明かりに赤毛が映《は》えている。

剣士は奪《うば》い取った剣を構《かま》えた。

だが今の激《はげ》しい動きのせいで、肉体が限界を知らせる。激しい嘔吐《おうと》感と割れるような頭《ず》痛《つう》に、剣士は思わず苦悶《くもん》の叫《さけ》びを上げていた。

その一瞬《いっしゅん》の隙《すき》を、親衛《しんえい》隊長のキャイアが見逃《みのが》すはずがない。

あっという間に懐《ふところ》に入り込まれて、鳩尾《みぞおち》にキャイアの膝《ひざ》がめり込んだ。そのまま後方に倒れ込み、したたかに後頭部を打ちつけた。

そこで剣士は意識《いしき》を失った。


その後、剣士はラシャラたちに捕《と》らえられ、監禁《かんきん》されることになる。だがあの場で殺されなかっただけでも幸運と言えた。

§2

狩《か》りの道具などを片付《かたづ》けていると、背後から声がかかった。

「うっーわぁっ、ちょっと見ない間にずいぶん増《ふ》えたわねー」

制服《せいふく》に身を包んだツインテールの少女が、小屋の外で天日干《ぼ》しにされている魚を見て、大きな目を更《さら》に丸くさせていた。

「ワウも食べてみる？　美味《おい》しいよ」

剣士は小魚を齧《かじ》りながら、一片をワウに差し出した。

ワウは鼻をヒクヒクさせながら、切り身の臭《にお》いを嗅《か》いだ。途端《とたん》に顔を顰《しか》めて首を振《ふ》る。

「うっ、え、遠慮《えんりょ》しとく」

淡水魚独特《たんすいぎょどくとく》の臭いを発しているので、苦手な人にはきついかもしれない。

ワウことワウアンリー・シュメはキャイアや剣士と同じ、ラシャラの従者《じゅうしゃ》の一人だ。聖地の技術者集団《ぎじゅつしゃしゅうだん》『結界工房《けっかいこうぼう》』に所属《しょぞく》する聖機工《せいきこう》で、聖機人や亜法機械関係の開発、メンテナンスなどを手がけている。更には亜法結界炉《ろ》とは別に、蒸気《じょうき》を利用した動力機関の研究開発も行っていた。

それに優秀《ゆうしゅう》な聖機師《せいきし》でもあり、キャイアと同じ聖地学院の上級生だ。剣士がラシャラを襲《おそ》った際《さい》、途中《とちゅう》から現《あらわ》れたもう一騎《き》の聖機人は、このワウが操縦《そうじゅう》していたそうだ。あの夜、火薬を用いた火器で仮面の男を撃退《げきたい》したのが彼女だった。

「でもこれだけあるなら、ラシャラ様が行商でもしろって言い出すかもねー」

「ええっ!?　あっ、いいかも」

「にゃははははー」

ワウは底抜《そこぬ》けに明るい声で笑った。

「あははは」

剣士もつられて一緒《いっしょ》に笑う。ワウはラシャラやキャイアのような威圧《いあつ》感はなく、気さくに話ができる。

「今日は生徒会の歓迎会《かんげいかい》なんでしょ？　じゃあまた放課後ねー」

ワウはツインテールを揺《ゆ》らせながら、元気に走っていった。

＊＊＊

上級生寮《りょう》での仕事は多岐《たき》にわたる。各部屋のベッドメイキングに始まり、洗濯物《せんたくもの》の回収《かいしゅう》、掃除《そうじ》、衣類や勉強道具などの修繕《しゅうぜん》、食事の用意などなど、家事全般《ぜんぱん》はもちろんのこと、建物の改修《かいしゅう》工事まで行う。

そして弁当《べんとう》の配達を終えて調理場に戻《もど》る途中《とちゅう》のことだった。

「あら、こんなところでお会いするなんて、奇遇《きぐう》ですわね」

「マリア様にユキネさん、こんにちはー」

マリア・ナナダンはハヴォニワ王国の王女で、ラシャラの従姉妹《いとこ》でもある。

ユキネ・メアはマリアの従者で、いつも伏目《ふしめ》がちで口数はあまり多くないが、整った容《よう》貌《ぼう》の聖機師の中でも、特に目を惹《ひ》く美貌《びぼう》の持ち主だ。

「これからお昼ですか？」

剣士はユキネが手にしているバスケットを見て言った。

「そう」

ユキネはどこか恥《は》ずかしそうに、小さく頷《うなず》いた。ストレートの銀髪《ぎんぱつ》が小さく揺《ゆ》れ、窓《まど》からの陽光を弾《はじ》いた。今日は天気がいいので、外で食べるのも気持ちがよさそうだ。

「ところであなた、随分《ずいぶん》とラシャラ・アースに扱《こ》き使われてるそうですね」

「あ、いや、ははは」

マリアは口調こそ淑《しと》やかだが、ラシャラと基本的《きほん》な性格《せいかく》はよく似《に》ている。だからこそちょっとした歯車のズレが、二人の反《そ》りを合わなくしているのだ。

「アウラ様にお聞きしたところによれば、森で狩りをしているとの事でしたが、あの業突《ごうつ》く張《ば》りのことだから、ろくに食事も与《あた》えられていないのではなくて？」

「そ、そんなことはないです。狩りは趣味《しゅみ》で、十分よくしてもらってます」

「そう？　自分の食い扶持《ぶち》くらい自分で稼《かせ》げとか、言われたのではない？」

「ぎくっ」

思わず顔が引きつる。

「くす、正直ですのね」

マリアは満足そうに唇《くちびる》の端《はし》を持ち上げた。似ているだけあって推察《すいさつ》が鋭《するど》い。

「可哀想《かわいそう》……」

ユキネは悲しそうな表情《ひょうじょう》で、剣士の頭を撫《な》でた。

そろそろフォローしておかないと、のちのち面倒《めんどう》なことになりかねない。

「いえ、ほんと大丈夫《だいじょうぶ》です。お気遣《きづか》いありがとうございます」

「もし我慢《がまん》できなくなったら、いつでもいらっしゃいな」

「はあ……」

「剣士さんなら歓迎《かんげい》いたしますよ」

「結構《けっこう》似ているなぁ……」

剣士を見つめる目は優《やさ》しげではあるが、ラシャラと似た威圧《いあつ》感を持っていた。

「何かおっしゃいまして?」

「何でもないです」

剣士は逃《に》げるようにその場をあとにした。

＊＊＊

放課後、寮《りょう》の外壁《がいへき》の修繕作業を終えると、少し早めに生徒会室に向かった。何か手伝えることはないかと思ったのだが、ちょうど何やらトラブルがあったようだ。

「困《こま》りましたね」

「も、申し訳《わけ》ありません」

生徒会室前の通路で、女子生徒がリチア・ポ・チーナに頭を下げていた。リチアは教会の現《げん》法王の孫娘《まごむすめ》で現生徒会長だ。

「だが今から手配しても間に合うかどうか……」

背《せ》の高い褐色《かっしょく》の肌《はだ》の女性《じょせい》が、顎《あご》に手をやり思案してる。シュリフォン王国王女で、ダークエルフのアウラ・シュリフォンだ。アウラには以前、命を助けてもらった縁《えん》があり、何かと気にかけてもらっている。

「あのー、どうかしたんですか？」

「野生動物には関係ない話よ」

眼鏡《めがね》越しに剣士を一瞥《いちべつ》したリチアは、相変わらず素気《そっけ》無く言った。真面目《まじめ》で誰《だれ》に対しても厳《きび》しい人なのか、剣士に接《せっ》する態度《たいど》もどこか冷厳《れいげん》としている。

代わりにアウラが説明する。

「今日の歓迎会で出される晩餐《ばんさん》の手配に手違《てちが》いがあってな。少々数が足りないらしい」

「も、申し訳ありませんっ」

リチアの従者らしき女子生徒が、もう一度深々と頭を上げて謝《あやま》った。

「でしたら、俺が森で集めた食材を持ってきましょうか？」

「バカを言わないで！　そのような怪《あや》しげなものを並《なら》べては、生徒会の威信《いしん》に関《かか》わります！」

「そうですか？……あの森は食材の宝庫なのになあ」

剣士は少し不満げに言った。だがアウラは自分達が管理する森を褒《ほ》められ、嬉《うれ》しそうに頷いた。

「リチア、剣士が集めるものは一級の食材だぞ。普通《ふつう》の贅沢《ぜいたく》になれている者達には新鮮《しんせん》で野趣溢《やしゅあふ》れる物の方が受けるのではないか？　もちろん味は私が保証《ほしょう》する」

生徒会のメンバーは、一般《いっぱん》生徒から推挙《すいきょ》された者もいるが、王侯貴族《おうこうきぞく》の子息女がほとんどである。

「野趣ねえ……モノは言いようね」

リチアは疑《うたが》わしそうに剣士とアウラを交互《こうご》に見ている。

「仕方ありませんわね。時間もあまりない事ですし、アウラさんの顔を立てましょう」

「わかりました。すぐ行ってきます」

剣士はそう言うと、早速《さっそく》森に向かった。

§3

歓迎会は立食パーティー形式で行われ、滞《とどこお》りなく終了《しゅうりょう》した。剣士が提供《ていきょう》した食材を使った料理は意外にも好評《こうひょう》で、リチアは複雑《ふくざつ》な気持ちながらほっと胸《むね》を撫《な》で下ろしていた。

「お疲《つか》れ様。助かったわ野生動物」

リチアはそう言いつつも、不本意だという気持ちを隠《かく》さなかった。もっともそれは剣士に向けたものではなく、自身に向けたものだ。真面目で完璧主義者《かんぺきしゅぎしゃ》の彼女は、誰かに助力を得るということ自体が、許《ゆる》せないに違いなかった。

「お役に立てたようでよかったです」

剣士がニコニコしながらそう返すと、邪気《じゃき》のない様子に毒気が抜《ぬ》かれたのか、リチアはふっと表情を緩《ゆる》めた。

そのとき、勢《いきお》いよく扉《とびら》が開かれた。その音があまりに大きかったので、室内にいた全員が扉に注目する。

「あーん、もう終わっちゃったのー？」

長身の女性《じょせい》が声を張《は》り上げながら、剣士たちのもとに駆《か》け寄《よ》ってきた。そしてそのまま剣士の首に抱《だ》きついて、すりすりと頬擦《ほおず》りをする。

「メ、メザイア姉ちゃん……」

聖地学院で武《ぶ》芸《げい》全般を指《し》導《どう》する女教師《きょうし》だった。剣士に自分のことをお姉ちゃんと呼《よ》ぶように言っている。

「姉さん……」

そしてキャイアの実姉でもある。キャイアは呆《あき》れ顔で、剣士からメザイアを引き離《はな》した。

「んもー、こんな楽しそうなことやってるなんて知ってたら、職員《しょくいん》会議なんてすっぽかして来たのにー」

「これは生徒同士の歓迎会です！」

すかさずキャイアが突《つ》っ込《こ》んでいるが、メザイアは意に介《かい》する様子もない。そして周囲の様子を見て、悲しそうに眉《まゆ》をハの字に下げた。

「料理も残ってないの？」

「残念ですが……」

リチアがそろそろ後片《あとかた》づけを始めるところだと言った。

「そんなのやだやだー。私も剣士ちゃんと交流を深めつつ、はい、あ――んって食事したかったぁ」

「そんなことしてませんけど……」

実際《じっさい》に、剣士やキャイアは生徒会のメンバーでもなく従者《じゅうしゃ》に過《す》ぎないので、壁際《かべぎわ》で大人しくしていただけだ。

「何でしたら、野生動物は持ち帰って結構《けっこう》ですから、自室で歓迎会を行って下さい」

メザイアに付き合うのが面倒《めんどう》になったのか、リチアは剣士の首根っこを摑《つか》み、猫《ねこ》を差し出すように言う。

「えっ、本当?」

「こら!　剣士は我《われ》の従者じゃぞ!　勝手に持ち帰るでない!」

「ね、姉さ……メザイア先生っ」

キャイアは恥《は》ずかしそうに赤くなりながら、メザイアの首根っこを押《お》さえて、我《わ》がままを窘《たしな》めているが、メザイアは聞き入れない。

「じゃあ、これから二次会を始めましょう」

「ええっ?」

残っていたメンバーから驚《おどろ》きの声が漏《も》れた。

「二次会のルールは知っているわよね？」

メザイアは腕《うで》を組むと、なぜか勝ち誇《ほこ》った顔で一同を見渡《みわた》した。

「で、ですが、あれは……」

リチアはなぜか慌《あわ》てて必死に抵抗《ていこう》している。

「ほう、面白《おもしろ》いではないか」

「さすがはラシャラ様、話が早くて助かるわ。おほほほほ」

メザイアは一転して悪巧《わるだく》みしているような顔で邪悪《じゃあく》に微笑《ほほえ》む。

「ルールって？」

剣士が聞いても誰も答えない。

「お上品なだけのパーティなど、退屈《たいくつ》しておったからの」

「ま、確《たし》かに、はしたない誰かさんにとっては、つまらなかったかもしれませんわね」

「そういうお前も欠伸《あくび》ばかりしておったくせに」

「あら、私はあなたのことだとは言ってなくてよ？」

ラシャラとマリアの視線《しせん》が、バチバチと火花を散らしてぶつかり合う。

「ふふふ……。お前には大恥《おおはじ》を掻《か》いてもらわねばの」

「それには及《およ》びませんわ。だって勝つのは私ですもの。そうですよね、ユキネ」

「はい……」

話を振《ふ》られたユキネは、控《ひか》えめな様子ながら、きっちりと頷《うなず》いた。

それを見たラシャラは、きっとばかりに眉《まゆ》を吊《つ》り上げた。そして勢《いきお》いよく、剣士やキャイアの方に向き直る。ラシャラの輝《かがや》く目を見たワウは、途轍《とてつ》もなく嫌《いや》なものを感じ、恐《おそ》る恐る手を上げた。

「あのー、ラシャラ様、どうも体調がよろしくないので、帰っていいですか？」

「ダメじゃ」

だがワウの言葉は、一言のもとに撥《は》ねつけられた。

「えー」

「ワウ……、一人で逃《に》げようなんてずるいわよ」

泣きそうになっているワウを、キャイアはお手上げといった表情で宥《なだ》めた。

「あのー、話が見えないんですけど……」

「もちろん剣士ちゃんも、参加するわよね？」

「えっと……」

ワウとキャイアの様子を見れば、どう返答するべきか決まっている。

「お、俺《おれ》は後片《あとかた》づけとかあるし、明日も朝が早いので……」

「何を言っておる。従者が供《とも》せずしてどうするのじゃ。さっさと来い」

「ぐえっ」

入寮許可証《にゅうりょうきょかしょう》代わりに身につけさせられている首輪を持ったラシャラは、問答無用で剣士を会場となるらしい隣室《りんしつ》に引き摺《ず》っていく。

「今夜は門限消灯《もんげんしょうとう》なし！　無礼講《ぶれいこう》のオールナイトじゃ、ハッハッハッハ！」

どうやら、今夜はまだ始まったばかりらしい。

＊＊＊

結局、二次会の参加者は、剣士、メザイア、ラシャラ、キャイア、ワウ、アウラ、マリア、ユキネ、リチアの九名となった。なんと男性は剣士一人である。

リチアが私室《ししつ》として使用している生徒会長室に移動《いどう》し、新たな食材がテーブルに並《なら》べられた。立食パーティでは供《きょう》されなかった予備《よび》の食材で、ほとんどが剣士が用意したものばかりだ。

「二次会のルールって何なの？」

準備《じゅんび》の手伝いを終えた剣士は、気になっていたことを聞いた。

「まずクジで女神様《めがみ》を決めて、残りの人たちに好きなことを命令されるの。でも誰か特定の人が命令するんじゃなくて、クジで引いた番号を指定するのよ。例えば、三番が命令して下さいとかね」

ワウが、溜《た》め息交じりに答えてくれた。

「それって……」

（……どう考えても王様ゲームだよなあ……）

義姉《あね》たちとやったことを思い出す。もちろん剣士が王様になる事は許《ゆる》されなかった。だがちょっと違《ちが》う部分もあった。

「でもなんで女神様が命令されるの？　逆《ぎゃく》じゃない？」

「もともと異《い》世界人が伝えたオリジナルは女神が命令するんだけど……ほら、聖機師《せいきし》や王《おう》侯貴族《こうきぞく》って、特権《とっけん》階級だから誰かに命令するのは当たり前でしょ？」

「……だから逆《ぎゃく》？」

とはいえ、誰かが誰かに命令されるのは変わりない。どういう事態《じたい》が引き起こされるのか、大体予想がついて目先が暗くなる。

「ラシャラ様とマリア様が交ざると、凄《すご》いことになるのよね……。昔、シトレイユでの新年会のときなんて……」

キャイアはそのときのことを思い出しているのか、顔を曇《くも》らせている。

「大丈夫《だいじょうぶ》かなあ……」

剣士の不安を他所《よそ》に、ゲームは始まった。クジ代わりの細い棒《ぼう》が配られる。

「へえ、こっちでも割《わ》り箸《ばし》を使うんだ……」

「こっちって？　高地でも一緒《いっしょ》でしょ、こんなの」

隣《となり》にいたワウが不思議そうに、剣士の独《ひと》り言に首を捻《ひね》っている。

剣士が異世界人だということは、ラシャラとキャイア以外には内緒《ないしょ》なのだ。高地出身なので、エナの海の風習には疎《うと》いということになっている。

「女神様だーれだ？」

参加者全員で一斉《いっせい》に掛《か》け声を合わせて、同時にクジを確認《かくにん》する。

「あらー、私だわ」

リチアは困《こま》ったように、当たりの印がついた割り箸を見ている。

「じゃあ三番の方、私にご命令を」

と、メザイアの目がきらりと光った。その瞬間《しゅんかん》、リチアにピリッとした緊張《きんちょう》が走る。メザイアのことだから、何を言い出すかわからないのだ。

「お手柔《てやわ》らかに……メザイア先生」

「うふふ、じゃあねえ、最初だから軽い命令で……」

皆《みな》、固唾《かたず》を呑《の》んでメザイアの口許《くちもと》に注目する。

「自分の名前を尻文字《しりもじ》してね」

メザイアは片目《かため》を閉《と》じて嬉《うれ》しそうに言った。

「ひっ」

短い悲鳴が上がる。

「そんな……。こ、この私が……し、尻文字ですって……メ、メザイア先生、それはあまりにご無体《むたい》な！」

何やら無理難題《なんだい》を言いつけられた腰元《こしもと》のような言葉遣《ことばづか》いで、リチアは真っ青になって抗《こう》議《ぎ》する。

「あらー、こんなので尻込みしてたら、このあとの命令なんてとてもこなせないわよ」

メザイアは嬉しそうに、恐《おそ》ろしいことをさらっと言う。

「ほらほら、真ん中で皆に見えるようにやって頂戴《ちょうだい》」

「ううっ」

剣士はリチアと目が合った。

その瞬間リチアは、剣士をきつく睨《にら》み据《す》えた。

「野生動物は目を閉《と》じてなさいっ！」

「ダメよ。剣士ちゃん、しっかり見てあげてね。でないと罰《ばっ》ゲームになりませんからね」

「くっ……」

青かったリチアの顔色は、今はもう真っ赤だ。

キャイアやワウは気の毒そうにリチアを見つめているが、ラシャラやアウラは大受けだった。

「いずれは法王になるやも知れぬ娘《むすめ》の尻文字じゃ」

「リチア、可愛《かわい》いわよ」

アウラが楽しそうに囃《はや》し立てる。

「うう、覚えてなさいっ」

リチアはクネクネと腰《こし》を揺《ゆ》らして名前を描《か》き出す。メザイアやラシャラたちに何度もダメ出しをされた挙句《あげく》に、ようやく解放《かいほう》された。

「くっ、屈辱《くつじょく》ですわっ」

目に涙《なみだ》を溜《た》めて悔《くや》しがるリチアを、アウラが何とか宥《なだ》めている。

余興《よきょう》は始まったばかりだった。

＊＊＊

女神《めがみ》が決まり、そして命令をする者の番号を言う瞬間《しゅんかん》、場の雰囲気《ふんいき》が凄《すさ》まじく張《は》り詰《つ》める。割《わ》り箸《ばし》の先に書かれた印が、全《すべ》ての運命を決するのだ。

「くっくっくっ……、あーっはっはっはっ、ついにマリアが女神じゃの！」

ラシャラは心底意地の悪そうな顔で、にやりと笑った。

その場にいた全員の表情《ひょうじょう》に、恐怖心《きょうふしん》のようなものが入り混《ま》じる。

「んっふっふっふっ、さあ、命令していただく番号を決めるがいい」

ラシャラはマリアの顔を見ながら舌舐《したな》めずりをする。

一方のマリアは冷静な表情を保《たも》とうとしているが、動揺《どうよう》は隠《かく》せない。

「……では……五……」

そう言ってマリアは一旦《いったん》言葉を切って皆の反応《はんのう》を見た。

ラシャラは読まれないように、ポーカーフェイスを装《よそお》う。

「いや七番？　ううん、六番……というのは嘘《うそ》で……二番」

ラシャラの表情を注視《ちゅうし》しつつ、マリアは一際《ひときわ》声を大きく張り上げてそう宣言《せんげん》する。

「ハ――――ハッハッ！　引っかかりよったな！」

ラシャラは実に嬉《うれ》しそうに口許を歪《ゆが》め、二番と書かれた棒《ぼう》を見せた。

「クッ！」

「では、女神は一番の股《また》の間を潜《くぐ》って、ワンと鳴くのじゃ」

「ええっ？　俺？」

一番は剣士だった。おずおずと一番と書かれた割り箸を掲《かか》げた。

「ちょっとお待ちになって！　私はもう一方《ひとかた》指名をします！」

「なに⁉」

女神が指名する者は一人とは限《かぎ》らない。だが命令が複雑《ふくざつ》になれば厄介《やっかい》な事も多い。だからたいてい一人指名となる。

「そうか！　ユキネに望みをかけておるのじゃな。じゃが、その指名番号は最初に指名された者が言う決まりじゃ。分かっておろうな女神よ」

「もちろんですわ！」

「いい覚悟《かくご》じゃ……では五番の者！」

するとユキネが五番の割り箸を手に立ち上がった。

「なんじゃとっ⁉　五番はキャイアのはずじゃっ！」

ラシャラは驚《おどろ》いた顔で、ユキネを睨《にら》みつけた。

「キャイアさんのはず？　どういう事かしら？」

リチアが悪戯《いたずら》を見つけた母親のような笑《え》みで言う。くじを引いた際《さい》に、ラシャラがこっそりキャイアのくじを盗《ぬす》み見していたのに気付いていていたのだ。自分が女神となった時、キャイアであれば、恥《はじ》をかかない命令をしてくれるからだ。

「うっ！　おのれ……」

「クスッ」

マリアは澄《す》ました顔で、ぷいっと横を向いた。

割り箸を事前に交換《こうかん》するのはルール違反《いはん》ではない。自分が当たった喜びで、現場《げんば》を見落としていたラシャラの負けだ。

「私を女神役にして下さい」

本来、女神となり命令を受けるのは喜びである。この場合、ユキネの命令がより過酷《かこく》と判断《はんだん》され優先《ゆうせん》される。

「あのー、ユキネさん、いいんですか？」

ラシャラとマリアが言い合う横で、剣士はユキネに聞いた。いくら従者《じゅうしゃ》とはいえ、あんまりのような気がしたからだ。

「いい」

だがユキネは小さく頷《うなず》いて、恥《は》ずかしそうに俯《うつむ》いた。

ユキネは四つん這《ば》いになると、大きく股を開いた剣士の股間《こかん》を、後ろから前に向かって潜り抜《ぬ》けた。

剣士は努《つと》めて見ないように天井《てんじょう》を向いた。どうにも居《い》た堪《たま》れない気分になる。

「あの……」

するとユキネから声が掛《か》かった。

剣士が顔を下ろすと、ユキネは四つん這いの姿勢《しせい》のまま、首だけを剣士に振《ふ》り向かせた。

「……ワンワン」

真っ赤になって、消え入りそうなほどに恥ずかしそうな声だった。

「おおっ！」

周囲から一斉《いっせい》に歓声《かんせい》が上がる。少年と見目麗《みめうるわ》しい美女、そこには何やら筆舌《ひつぜつ》に尽《つ》くしがたい雰囲気《ふんいき》があった。

「か、可愛《かわい》い……」

剣士も思わず呟《つぶや》いてしまったが、その声が誰《だれ》にも聞こえなかったのは幸いかもしれない。

＊＊＊

「ええい、その手を放《はな》さぬか？」

「なぜです？　あなたこそ放しなさいな」

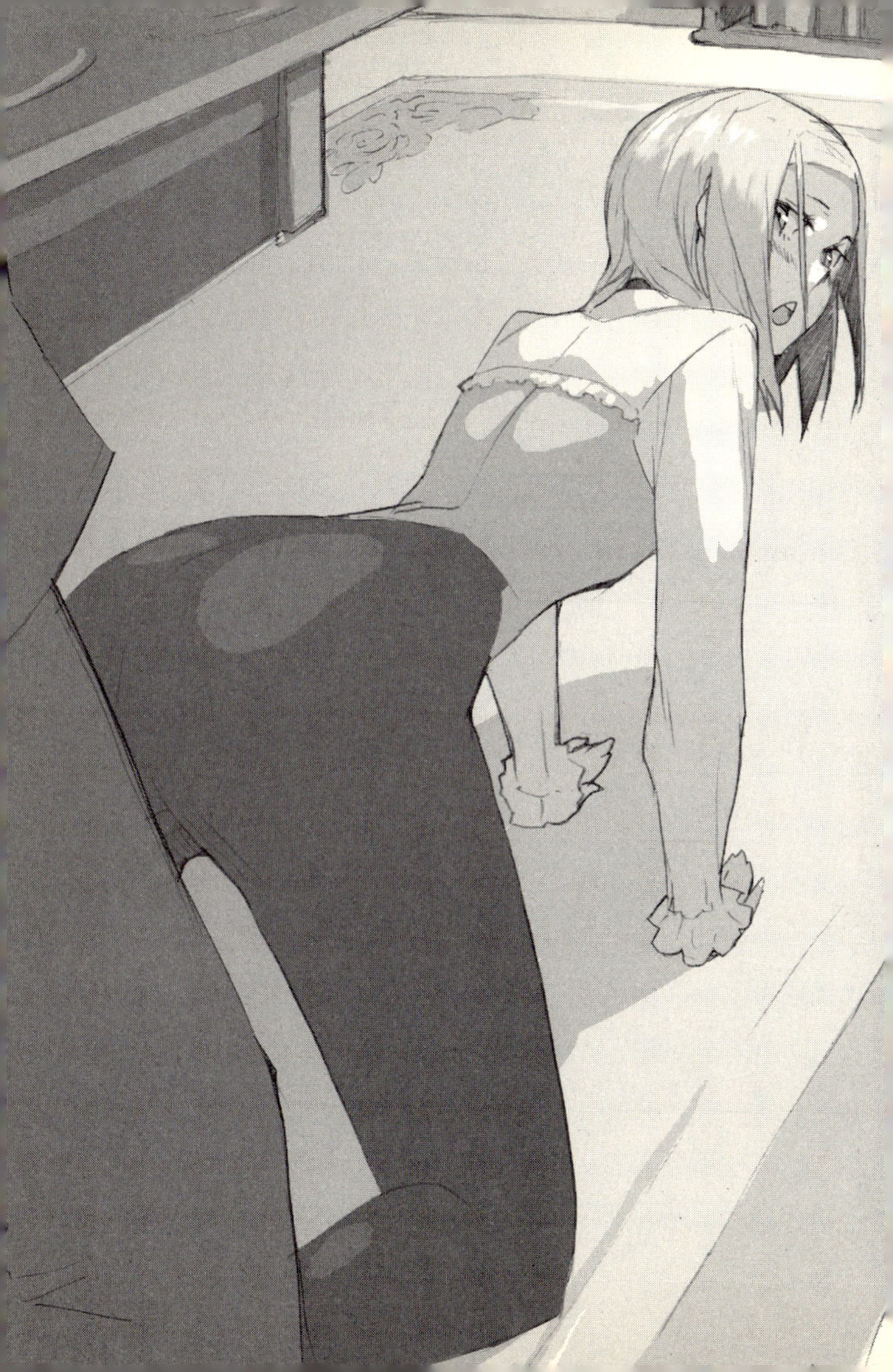

ラシャラとマリアは、一本のクジを引っ張《ぱ》り合っていた。クジを持っているリチアが困《こま》ったように頭を掻《か》いている。

「なんであれに拘《こだわ》ってるんだ？」

剣士は不思議に思い、首を傾《かし》げた。

「まあゲームも中盤《ちゅうばん》になってくると、それぞれ女神《めがみ》のくじには目印が付いてくるから」

「ああ、なるほど……」

くじを引く時や引いたあとに、女神のくじに自分だけが分かる目印を付ける者がいるのだ。

「勝つためなら手段《しゅだん》なんて選ばないのがラシャラ様よ」

キャイアは呆《あき》れつつも、どこか当たり前のようにそう言った。

何かがずれているような気がしたがまあいい。

クジの奪《うば》い合いはまだ続いていた。するといい加減《かげん》焦《じ》れたラシャラは、空いた手でむんずとマリアの胸《むね》を鷲掴《わしづか》みにした。

「きゃあっ」

マリアが悲鳴を上げて怯《ひる》んだ隙《すき》に、ラシャラは割《わ》り箸《ばし》を思いっきり引き抜いた。そして高々と掲《かか》げたのだが、体勢《たいせい》を立て直したマリアはそれをジャンプして払《はら》い飛ばす。長いスカートがふわりと広がって、ペチコートが丸見えになるがお構《かま》いなしだ。

「あっ！」

割り箸はくるくると宙《ちゅう》を回転しながら、剣士の手の中に飛び込んできた。

「剣士、それを寄越《よこ》すのじゃ」

「ユキネ、早く取り上げて」

「ダーメ。一度引いたクジを奪い合うなんて邪道《じゃどう》よ。次の女神様はマリアさんとラシャラさんね」

「な、なぜ我《われ》とマリアが！」

メザイアがラシャラとマリアの襟首《えりくび》を掴《つか》んで押《お》さえつける。シトレイユ皇国《こうこく》の姫皇《ひめおう》と、ハヴォニワ王国の王女相手だろうと、メザイアには敵《かな》わない。

「さあ、誰にするの二人共？　さっき二人が取り合ってた番号はダメよ」

「くっ……では……四番じゃ！」

「では私も四番です！」

命令する人間を一人にした方が被害《ひがい》は少ない。

「お、俺《おれ》？」

困惑顔《こんわくがお》で剣士が四番の割り箸を見せた。

「よし！　剣士、我《われ》にマリアを自由にしろと命令せい！」

「あなたが命令してどうするの！」

「うっ……」

ラシャラとマリア、この二人に対して変な命令をしたら、あとが怖《こわ》すぎる。

「さあ遠慮《えんりょ》は要《い》らぬぞ。どのような命令であっても怒《いか》りはせぬからの」

「絶対怒《ぜったいおこ》るわね」

キャイアが隣《となり》でぼそりと呟《つぶや》く。

「じゃあラシャラ様がマリア様に……」

そこまで言った瞬間、背筋《せすじ》に冷たいものが走り抜《ぬ》けた。涙《なみだ》ぐむユキネに同情《どうじょう》した皆《みな》の目が怖すぎる。

「えっと、その、マリア様がラシャラ様に……うっ」

今度はラシャラとキャイアだ。これはもはや殺気と言っていい。もはやどう命令しようと、地獄《じごく》を見るのは免《まぬが》れそうにないらしい。

「二人で抱《だ》き合って、もう喧嘩《けんか》はしませんと言って下さい」

ハッキリ言って自棄《やけ》だった。だが周囲からは一気に笑いが起こった。

「それは傑作《けっさく》だ」

「野生動物にしてはいい考えね」

そこにいる者達は、そう口々に言い、ユキネもキャイアですら、笑いを堪《こら》えていた。

「クッ！　我は他《ほか》にも誰か選ぶ……」

ラシャラはそう言おうとして口をつぐんだ。周りの様子から、誰が選ばれようとも剣士の命令が覆《くつがえ》る可《か》能性《のうせい》はないと判断したからだ。

（ぎゃああ）

（ぎょえええ）

ラシャラとマリアは、声にならない悲鳴をあげつつお互《たが》いをしっかりと抱きしめた。傍《はた》から見れば実に微笑《ほほえ》ましい様子だ。

「……もっ、もう喧嘩はいたしません」

地獄の底から響《ひび》いてくるような、そんな声でラシャラとマリアは言った。と、その瞬間《しゅんかん》、周りからは大きな拍手《はくしゅ》が起こる。

よほど精神力《せいしんりょく》を使ったのだろう、ラシャラとマリアはそのままその場にへたり込《こ》んだ。

「おのれ、剣士め……」

ラシャラは力なく剣士を見上げた。だがマリアはため息混《ま》じりに、

「私達、周りからこんな拍手《はくしゅ》を受けるくらい、仲が悪いと思われていたのかしら？」

そう言いながらラシャラを見る。

「少しは気をつけるとしよう……」

その場の雰囲気《ふんいき》と、剣士の不安げなコロちゃんのような眼《め》に毒気を抜かれたのか、ラシャラは頬杖《ほおづえ》をつき呟《つぶや》いた。

「よしよし」

メザイアは片目《かため》を瞑《つぶ》って楽しそうに笑った。

＊＊＊

今度は女神《めがみ》がキャイアだった。そして指名した番号は……。

「ほっほっほっ、またまた私ざまーす」

メザイアが満面の笑《え》みで割《わ》り箸《ばし》を掲《かか》げた。

「じゃあ、二番とポッキーゲームね」

「ええっ！」

キャイアは当惑《とうわく》しながら二番が名乗り出るのを待った。

「俺です……」

剣士が手を上げると、一気に場が盛《も》り上がる。

「いや――――」

キャイアは顔面を引き攣《つ》らせて後ずさった。

「死になさい。あんた今すぐ死になさいっ！」

動揺《どうよう》したキャイアは無茶《むちゃ》なことを言う。

ポッキーゲームとは、クッキーにチョコレートを塗《まぶ》したお菓子《かし》を、二人が両端《りょうはし》から銜《くわ》えながら食べ進み、制限《せいげん》時間内に短く食べ進んだチームを勝ちとするゲームである。途中《とちゅう》で折れてしまったり、唇《くちびる》が触《ふ》れ合っても負けとなるが、得てしてそうなった方が盛り上がることも確《たし》かだ。

「じゃあ対戦チームは　六番と八番ね」

その番号は奇《く》しくもマリアとユキネだった。

「負けたチームは罰《ばつ》ゲームだから、そのつもりで頑張《がんば》ってね」

軽く言ってくれるが、メザイアのことだから、とんでもない罰ゲームが待っているに違《ちが》いない。

「これは面白《おもしろ》い！　キャイアに剣士。絶対《ぜったい》に勝つのじゃぞ！」

マリアの罰ゲームが見たいラシャラは剣士達にプレッシャーをかける。

「キャイア、がんばれー。剣士も」

ワウは自分に害はないので、無責任《むせきにん》に囃《はや》し立てている。

「ほらほら、お互《たが》いの肩《かた》を持って。しっかり身体と顔を固定するの」

メザイアが、剣士とキャイアの腕《うで》を取って、無理やり向かい合わせた。恋人同士《こいびとどうし》が抱き合うような格好《かっこう》になる。

キャイアは剣士と目が合った瞬間、真っ赤になって顔を仰《の》け反らせた。

「顔が近いわよっ！」

キャイアは必死になって顔を遠ざけようとしているが、それではゲームにならない。

マリアとユキネは既《すで》に準備《じゅんび》ができており、剣士&キャイア組を待っている。

「あ、あ、あんたっ、わかってるでしょうねっ！」

「えっほぉ、はひが？」

剣士はポッキーを銜えているので、言葉が不明瞭《ふめいりょう》になる。キャイアは何かを言い返そうとしたが、メザイアに遮《さえぎ》られた。

「はいはい、もう始めるわよ。しっかり銜えなさい」

メザイアは問答無用で、キャイアの唇にポッキーを押《お》しつけた。

キャイアは赤い顔のまま剣士と向き合う。

「はーい、スタート」

合図とともに、剣士は唇を窄《すぼ》ませて少しずつ食べていく。チョコレートの味など全く感じない。

キャイアはきつく目を瞑《つぶ》ってハイペースで食べていく。

あっという間に二人の唇の距離《きょり》は詰《つ》まっていく。

しかしあと数センチというところで、キャイアの動きがピタリと止まった。振動《しんどう》がなくなったので、剣士もつい動きを止めてしまった。

剣士もキャイアも、動き出せない。これ以上食べ進むと、お互いの唇が触れてしまうのだ。二人とも真っ赤になったまま、カチンコチンに固まってしまう。

「何をやっておるのじゃ。まだ進めるであろうっ！」

ラシャラは剣士のすぐ横で喚《わめ》き立てる。

横目で確認《かくにん》すると、マリアとユキネは、かなり際《きわ》どいところまで進んでいた。ユキネは恥《は》ずかしそうにしているが、マリアはお構《かま》いなしに進んでいるようだ。

キャイアの目がどうするのだと言っている。

どうすると言われても、剣士もどうしていいかわからない。

「マリアに負けるなど、絶対に許《ゆる》さぬっ」

ラシャラはそう言って、剣士の後頭部を無理やりに押し始めた。

「いいっ？」

（……折れるってば！）

よく見たらワウまでが悪ノリして、キャイアの後頭部をぐりぐりと押していた。キャイアは押されるままなので、ポッキーが突《つ》き出されてくる。

折れないようにするには食べるしかなかった。

キャイアは思いっきり目を見開いて、喉《のど》の奥《おく》で何やら叫《さけ》んでいるが、意味はわからない。

そしてついに、まさにお互いの唇が触れるか触れないかの限界《げんかい》まで近づいた瞬間《しゅんかん》、不意に足元がぐらついた。

「……!?」

ポッキーから唇が離《はな》れてしまいそうになって、思わず歯を立てたのが失敗だった。

——ポキッ
ポッキーが破片《はへん》を飛ばしながら、二つに折れてしまった。

「あ————っ！」

ラシャラの叫びが生徒会長室に迸《ほとばし》る。

「はーい、勝負ありー」

メザイアの声が無情《むじおう》に響《ひび》き渡《わた》った。

マリアとユキネのポッキーは、僅《わず》か数ミリという長さにまで迫《せま》っていた。剣士とキャイアのポッキーが折れるまでもなく、勝負は明らかだった。だがマリアはそのままポッキーを食べ続け、ついにはユキネへキスするまでいってしまう。

「おのれマリアめ！」

それを見たラシャラは突然《とつぜん》剣士を押し退《の》け、キャイアへキスをしようと唇を突き出したのだった。

「ちょっとラシャラ様……？」

その時になって初めて、ラシャラとその周りの生徒達は、ラシャラとマリアの顔が不自然に真っ赤なのに気付く。

「なんじゃ？　どうした？　何を見ておる？　ヒック……」

しゃっくりとともにラシャラから漂《ただよ》う香《かお》りが、ほんのりと酒臭《さけくさ》い。

「えっ？　まさか……酔《よ》ってる？」

「ラシャラ様っ！」

「お酒など出してませんよ。どういうこと？」

リチアは怪訝《けげん》そうに、剣士、アウラと顔を見合わせた。飲み物は水や紅茶《こうちゃ》、新鮮《しんせん》な果汁《かじゅう》などで、怪《あや》しいものは何もない。

「こいつだ……」

アウラが皿の上の食材をしげしげと見ていた。剣士が持ってきた予備《よび》の食材で、数日前にもぎ取った果実だった。

「この果実は熟《じゅく》すと、微量《びりょう》のアルコールを含《ふく》むんだ」

「へえ……」

剣士は自分でも果実を手にとって、臭《にお》いを嗅《か》いでみた。言われてみれば確《たし》かに、ほんのりとアルコール臭《しゅう》がする。

「感心してる場合じゃないでしょう」

キャイアが大変だと詰《つ》め寄《よ》った。ラシャラの両肩《りょうかた》をがくがくと揺《ゆ》する。

「ラシャラ様、しっかりして下さい」

「大丈夫《だいじょうぶ》だ。お菓子《かし》にも入れる程度《ていど》のものだから、すぐに醒《さ》める。それにしてもお二人ともずいぶんアルコールに弱いのだな」

アウラは心配するなとばかりに、キャイアの肩を軽く叩《たた》いている。

「我《われ》は酔ってなどないぞっ」

「私もですわ。ふわふわと気持ちがいいだけですもの」

ラシャラとマリアは、すっかり言動が酔っ払《ぱら》いと化していた。

だが二次会は、その程度では進行の妨《さまた》げにすらならないらしい。

「じゃあ、剣士ちゃんとキャイアには罰《ばつ》ゲームね」

「ちょっと姉さんっ」

「ここではメザイア先生でしょ」

メザイアは微笑《びしょう》を浮《う》かべたまま、キャイアを窘《たしな》めた。

「罰ゲームといったら、あれですね」

ワウが意味深に含《ふく》み笑いを浮かべる。

「じょ、冗談《じょうだん》でしょ？」

「冗談だと思う？」

キャイアの抗議《こうぎ》に、メザイアは瞳《ひとみ》を怪しく光らせながら片目を瞑った。

「うっ」

キャイアは何も言い返せない。

すると部屋のロッカーから、リチアが丸めた敷物《しきもの》のようなものを取り出してきた。

「これは……」

剣士も絶句《ぜっく》してしまった。マットには青や黄色、緑や赤色の円が、いくつも規則《きそく》正しく描《えが》かれている。なぜそんなものがここにあるのか、誰《だれ》も疑問《ぎもん》を挟《はさ》まない。

それはどう見ても、ツイスターゲームで使うマットだったからだ。

§4

指定された色に、指定された手足をついていくだけの単純《たんじゅん》なゲームだが、先を読まないで適当《てきとう》にやると、あられもない姿《すがた》を晒《さら》すことになる。ましてやマット上に二人乗ると、どういうことが起きるか、想像《そうぞう》に難《かた》くない。

「うふふ、負けた方には、もっと恥《は》ずかしい罰ゲームが待ってるわよー」

「またそれですか？」

どうやらとことんまで、イジり尽《つ》くす気でいるらしい。

先ほどまでの興奮《こうふん》とは打って変わって、剣士とキャイア以外は見ているだけなので、今はリラックスモードでまったりしている。皆《みな》、ニヤニヤ笑いながら、剣士とキャイアの様子を眺《なが》めていた。

「何で私がこんなことを……」

「文句《もんく》言わないの。負けたんだから仕方ないでしょ」

「姉さ……メザイア先生がこんな罰ゲームを言い出したからよ」

キャイアはぶつぶつと文句を言い続けていたが、それでも帰らずに従《したが》っているのが、剣士には不思議だった。雰囲気《ふんいき》のマジックというものかもしれない。

「右手が赤……。赤ですって？」

キャイアの目の前に赤色のマークはある。だがキャイアがそこに手を置くには、身体《からだ》を前方に倒《たお》さなくてはならない。そしてすぐそこには剣士の股間《こかん》があるのだ。

「あ、あんた、もっと腰《こし》を引っ込《こ》めなさいよ」

「これ以上は無理だよー」

既《すで》に限界まで引いているのだ。

「何でそんなに足が短いのよっ」

「酷《ひど》い……」

そして剣士とキャイアの姿態《したい》を肴《さかな》に、他の面々は大いに盛《も》り上がっていた。

「剣士の勝ちに二百じゃ！」

「ここはキャイア殿《どの》ではなくて？　剣士さんは遠慮《えんりょ》して何もできないみたいですし」

「私も……そう思う……」

「うーん、私はキャイアに三百ね。にゃはははは」

「野生動物に百ですわね」

「剣士ちゃんに五百賭《か》けちゃうわー」

「私は剣士に二百だな」

皆好き勝手に予想して、賭けまで始めていた。紙幣《しへい》が派手《はで》に飛び交《か》っている。

「左足が緑ってことは……こう？」

剣士は股《また》の間から左足の位置を確認《かくにん》しながら、少しだけ後方に身体をずらした。

すると剣士に半分ばかり体重を預《あず》けていたキャイアは、バランスを崩《くず》して乗りかかってきた。

「きゃあああ」

キャイアの悲鳴とともに、柔《やわ》らかい感触《かんしょく》が頭頂部《とうちょうぶ》付近から伝わってくる。剣士が思わず顔を上げると、顔面が柔らかいものに挟まれる。

「な、何やってんのっ。離《はな》れなさいっ」

「で、でもー」

胸《むね》を押《お》しつけてくるのはキャイアの方なのだ。

いくら剣士の筋力《きんりょく》が化け物じみており、妙《みょう》な姿勢《しせい》でも耐《た》え続けられるといっても、関節の物理的な可動範囲《かどうはんい》は決まっている。

息ができなくて苦しい。

「や、やめなさっ、あん」

剣士が酸素《さんそ》を求めてバタバタと顔動かすと、キャイアが怪しい声を上げる。

「だ、だから動くなっ」

キャイアは真っ赤になって必死に耐えている。


剣士はどのような体勢でもわりと平気だったが、意外とキャイアも粘《ねば》り続ける。よほど次の罰《ばつ》ゲームが嫌《いや》なのだろう。

既《すで》にキャイアの両太ももはプルプルと痙攣《けいれん》しかかっているが、今は剣士の顔を跨《また》ぎながら、それでも必死に堪《こら》え続けている。

「う、上を見たら、本当に殺すからね」

キャイアの長いスカートは大きくまくれ上がり、かなり際《きわ》どい格好《かっこう》になっていた。

「剣士、そろそろ負けなさいよ」

「だって負けたらラシャラ様に何されるか……」

「メザイア先生のことだから、私が負けた方が絶対被害《ぜったいひがい》が大きいのよ」

「俺《おれ》だってメザイア姉ちゃんの罰ゲームやだ！」

「大丈夫《だいじょうぶ》よ。あんたの場合、きっと部屋で二人っきりでツイスターゲームだから」

「それ大丈夫じゃない！」

際どい体勢のまま言い合いを始める。

そのときだった。地面から低い唸《うな》り声のような音が響《ひび》いてきた。音が大きくなるにつれて、微《かす》かな震動《しんどう》が伝わってきた。

「えっ？　地震《じしん》？」

小さく突《つ》き上げられるような微《び》震動が。建物をほんの僅《わず》かに揺《ゆ》らす。

「きゃあああああ」

キャイアのけたたましい悲鳴とともに、震動はすぐに止まった。大した揺れではない。鈍感《どんかん》な者なら気がつかない程度《ていど》のものだ。

だがそうではない者がすぐ近くにいた。

「あっ……」

キャイアは頭を抱《かか》えて、テーブルの下に潜《もぐ》っていた。

「……そういえば、あんた地震嫌《ぎら》いだったわねー」

「姉さん……」

キャイアは涙目《なみだめ》のまま、呆然《ぼうぜん》としている。

剣士はいまだにマットの上で妙な姿勢を維持《いじ》していた。

「はい、キャイアの負け。剣士ちゃんの勝ちー。さあて、次の罰ゲームは何にしようかしらー？」

「いやあああああ」

キャイアの悲鳴が夜空に響《ひび》き渡《わた》る。

まだまだ夜は更《ふ》けないらしい。そしてそのまま朝まで、狂態《きょうたい》は続けられた。

翌日《よくじつ》の授業《じゅぎょう》では居眠《いねむ》りする者が続出したのは言うまでもない。

Interlude

「ほっほっほっ、両手どころか両足まで含《ふく》めて花だの」

背《せ》の高い老人は、三次元投影《とうえい》モニターを見ながら楽しそうに笑った。

「もっと大きな震動が起きれば、こう、ぶちゅーといったものを……」

「これこそ異《い》世界人の特権《とっけん》というか、醍醐味《だいごみ》というものですからね」

小太りの老人と白髪《はくはつ》の老人も、意地の悪そうな笑《え》みを浮《う》かべている。

「うひひひ、あのポッキーゲームとツイスターゲームを持ち込んだのはワシじゃよ。今でも根付いているのを見ると嬉《うれ》しくなるわい。それにしてもナウアの所の娘《むすめ》ッ子はなかなか色っぽくなりおったの――」

「このスケベ爺《じじい》めが」

「ひひひ、褒《ほ》め言葉と受け取っておくわい」

背の高い老人の突《つ》っ込みを、小太りの老人は好色そうな笑い声を上げて受け止めた。まるで気にしている様子はない。

「それで思念体は安定出力できそうか？」

「まだ少しエネルギーが足りませんね。他の結界炉《ろ》からも回しましょうか？」

「あまり派手《はで》にやると、あとで面倒《めんどう》なことになるしのう」

背の高い老人は、顎《あご》に手をやりつつ思案する。

「長時間の維持は必要ないんじゃ。感覚の共有さえできれば、実体化も不要じゃぞ」

「本当にそのスケベ根性《こんじょう》だけは見上げたもんだの」

「そのワシに乗っかったのはお前さんたちじゃろう？」

「ふぉっふぉっふぉ」

「笑ってごまかすんじゃないわい」

「はははははは」

背の高い老人と小太りの老人の掛《か》け合いに、白髪の老人は楽しそうに笑っている。

第二話

§1

「行ってきまーす」

今日も雲一つない快晴《かいせい》のもと、剣士《けんし》は元気よく独立寮《どくりつりょう》を飛び出した。

「剣士ちゃん、おはよう」

「おはようございまーす」

「剣士ちゃーん、お仕事頑張《がんば》ってー」

「はーい。ありがとうございますー」

寮へ向かう道すがら、女子生徒たちから何度も声がかけられた。剣士はそれに手を振《ふ》りながら応《こた》えつつ、通学路を軽快《けいかい》に駆《か》け抜《ぬ》けていく。

聖地《せいち》地下施設《しせつ》では、すれ違《ちが》う皆《みな》がにこやかに剣士と挨拶《あいさつ》を交《か》わしていく。

剣士が中央コントロールへと足を踏《ふ》み入れると、責任者《せきにんしゃ》のハンナが若《わか》い職員《しょくいん》と、どこか困《こま》った様子で話をしていた。聖地の機能《きのう》はここで集中管理されている。

「おはようございます」

「剣士か。おはよう。今日も元気だな」

責任者のハンナが剣士に気がつくと、すぐに笑顔《えがお》になって片手《かたて》を上げた。

「あの、どうかしたんですか？」

「ん？　いや大したことじゃないんだけどね。結界炉のエネルギー漏《も》れが目立ってきて善《ぜん》後策《ごさく》を話してたところさ」

「大丈夫《だいじょうぶ》なんですか？」

「まあ、この程度《ていど》なら問題はないさ」

ハンナは肩《かた》を竦《すく》めて、もうしばらく様子を見ようと言い残して職員との話を切り上げた。

「今日はハヴォニワの技師《ぎし》が技術指導《ぎじゅつしどう》に来てくれるんだよ」

「ハヴォニワってマリア様の国ですね」

レース編《あ》みや組紐《くみひも》などの工芸品《こうげいひん》はハヴォニワ王国の名産品で、主要産業の一つだ。

「剣士も講習《こうしゅう》を受けるといい。貴重《きちょう》な機会だし、得るものもあるさね」

「はいっ」

上級生寮での仕事は多岐《たき》にわたる。上級生寮のベッドメイキング、洗濯《せんたく》、昼食の準備《じゅんび》、衣類や施設の修繕《しゅうぜん》作業など、あらゆる雑事《ざつじ》の手伝いに借り出された。最近では、浴場での洗浄補助係《せんじょうほじょ》まで担当《たんとう》している。

副作用が強すぎるとのことで、今では禁止《きんし》されてしまったが、エステ要員としてのマッサージ係も、ある意味大成功だった。

＊＊＊

地下にある修繕室の一室に、ハヴォニワからの三人の技師が来ていた。その中の一人に見知った顔がある。

「あれ？　ユキネさんじゃないですか」

「剣士……」

ユキネは少し驚《おどろ》いた顔で剣士を見たあと、なぜか恥《は》ずかしそうに目を伏《ふ》せてしまった。

「おや、なんだい、知り合いかい？　まあ確《たし》かにラシャラ様とマリア様の従者《じゅうしゃ》同士だからねえ……」

グループ長のジョジィが、剣士とユキネの顔を交互《こうご》に見た。ラシャラとマリアの仲を知っているジョジイは、二人の仲を心配したのだ。

「剣士とは友達……」

「へえ、マリア様の従者とねえ。剣士もなかなかやるねえ」

ジョジィはからかうように、剣士の背中《せなか》をバンバンと叩《たた》く。

「じゃあ、剣士はユキネさんに指導してもらうといい」

「はいっ、今日はよろしくお願いします」

「こちらこそよろしく……」

講習内容《ないよう》は、ハンカチにレースをあしらうという初歩的なものだった。繕《つくろ》い物も難《なん》なくこなす剣士だったが、こういった特殊《とくしゅ》な技術は、さすがに知識《ちしき》がないと扱《あつか》えない。

レース針《ばり》とレース糸の持ち方を教えてもらうと、まずは初歩の初歩から指導が始まった。

「この部分に、針を通して……、こっちの糸を編みこんでから……」

「ふんふん」

剣士はユキネの隣《となり》に座《すわ》った。

ユキネの頬《ほお》が僅《わず》かに赤く染《そ》まる。

剣士はユキネの手元を見つめながら、ユキネと同じようにレース針を操《あやつ》っていく。

「では剣士もやってみ……」

「どう？」

剣士はユキネが言い終わる前に、自分の編んだものを見せた。

「えっ？」

すぐに返事が返ってくるとは思ってなかったユキネは、目を白黒させて剣士の編んだものを見た。そして大きく目を見開いた。

「レース編みの経験《けいけん》があるの？」

「ないけど、毛糸の編み物は、うちの義姉《ねえ》ちゃんの見様見真似《みようみまね》で色々作ったことはあるかな」

「そ、そう。ならこれは？」

先ほどよりも少しだけ複雑《ふくざつ》にレース針が動いた。

だが剣士は淀《よど》みなくその動きをトレースしていく。またしても寸分違《すんぶんたが》わぬものが出来上がる。

「これはできる？」

先ほどと同じように、ユキネが言い終わると同時に、剣士は編んだものを差し出した。

「上手……」

ユキネは溜《た》め息ともつかぬ声を漏《も》らすと、一転して真剣《しんけん》な表情《ひようじよう》になり、何十種類にも及《およ》ぶ様々な編み方を教えていった。

剣士はそれを聞き返すこともなく淡々《たんたん》と吸収《きゆうしゆう》していく。

他にも指導《しどう》してもらいたい者はいたはずだが、誰《だれ》も口を挟《はさ》めない。

「こっちはどんな感じだいって、うわあっ！」

男性《だんせい》の技師《ぎし》が驚きの声を上げて、剣士が編んだレースに度肝《どぎも》を抜《ぬ》かれている。

様々なテクニックを凝《こ》らした見事なハンカチが、圧倒《あっとう》的な速さで編《あ》み込まれていく。

男性の技師は、自分のハンカチをポケットから取り出して、それと見比《みくら》べている。

「これは、先代の師匠《ししょう》から頂《いただ》いたものなんだが……。それと比べても見劣《みおと》りしないどころか、むしろ……」

「信じられん……」

もう一人の男性技師までがやってきて、剣士の作ったハンカチに驚嘆《きょうたん》している。

「しかもこの短時間で、ここまでのものを……」

「ふふふ、驚いてる驚いてる……」

ざわつく技師たちの後ろで、ジョジィは特に驚くこともなく、剣士ならこれくらいのことはできてもおかしくないという態度《たいど》で、満足そうに微笑《ほほえ》んでいる。

「君、我《わ》が国に来ないか？」

「私の師匠にぜひ紹介《しょうかい》したい」

技師たちは興奮気味《こうふんぎみ》に勧誘《かんゆう》を始めた。

「オ、オッホン。技師の皆様方《みなさまがた》、そういった話は……」

ジョジィがわざとらしく咳払《せきばら》いをすると、技師たちは途端《とたん》にばつが悪い表情になって言い訳《わけ》を始めたが、すぐに剣士の凄《すご》さを賞賛《しょうさん》し始める。

「いや、ですがこれだけの者は、普通《ふつう》なかなか……」

技師たちは未練たっぷりに剣士に視線《しせん》を送る。

「ユキネさん、ありがとうございました」

「どう……いたしまして」

技術《ぎじゅつ》指導の講習《こうしゅう》は終わり、剣士はユキネたちに礼を言うと、通常《つうじょう》の作業に戻《もど》っていった。

技師たちは剣士の後ろ姿《すがた》を見送りながら、ユキネに耳打ちする。

「あの少年、何者ですか？」

「ラシャラ様の従者《じゅうしゃ》……」

「シトレイユの……」

技師たちは複雑な表情で何やら唸《うな》りながら、世の中には凄《すご》い奴《やつ》がいるものだと呟《つぶや》き合った。

§2

聖地学院《せいちがくいん》は聖機師《せいきし》を養成する学び舎《や》だが、上流階級層《かいきゅうそう》の留学先《りゅうがくさき》としても利用されていた。

授業は聖機師になるための訓練の他《ほか》にも、様々な科目がある。自然科学や歴史学、政治学《せいじ》、経済学《けいざい》はもちろんのこと、果ては舞《まい》やお花、調理といった花嫁修業《はなよめしゅぎょう》のような特別科目まである。体育実技もその中の一つだ。

足首を隠《かく》すほどの裾《すそ》の長い制服《せいふく》では運動などできないので、体操着《たいそうぎ》に着替《きか》えなくてはならない。

ラシャラ・アースが着替えのために更衣室《こういしつ》に入っていくと、女子生徒二人が興奮気味に話し合っていた。

「ねえ、ねえ、見た?」

「見た、見た!」

前の授業《じゅぎょう》が体育実技だったクラスの女子生徒がまだ残っているようだ。二人とも髪《かみ》の毛が汗《あせ》で濡《ぬ》れており、何本か額《ひたい》に張《は》りついている。制服に着替える途中《とちゅう》のようで、下半身は下着姿《したぎすがた》のままだ。

「さすがマリア様、凄《すご》いよねえ」

「凄く威厳《いげん》があって、でも少し変わった柄《がら》だったわよね。見た事ある？」

「無いわ。でも王家が使うような凄い意匠《いしょう》だったわね……」

女子生徒は記憶《きおく》を反芻《はんすう》しているのか、うっとりとした表情《ひょうじょう》で宙《ちゅう》を眺《なが》めている。

（……マリアじゃと？）

ラシャラは平静を装《よそお》いつつも、つい聞き耳を立ててしまう。

「私も見ました。素敵《すてき》ですよねえ」

話を聞きつけた他の女子生徒も集まってきて、更《さら》に興奮が増《ま》していく。

「やっぱり王族は、何から何まで違《ちが》うわよねえ……」

「何を話しておるのじゃ？」

ラシャラは王族という言葉に反応《はんのう》して、思わず声をかけてしまった。

「あっ、ラシャラ様」

女子生徒たちは会話を止めて、緊張《きんちょう》の面持《おもも》ちで畏《かしこ》まった。

だがそのうちの一人は、興奮のあまり空気が読めていないのか、ぺらぺらと饒舌《じょうぜつ》に説明を始める。

「えっとですね、マリア様のペチコートがすっごい素敵なんですっ」

（……馬鹿っ）

周囲から窘《たしな》める小声が飛んでくる。

「えっ？　あっ？」

興奮していた女子生徒は、そこでようやくその鈍《にぶ》い頭でも悟《さと》ったのか、青い顔で顔面を引きつらせた。

「も、申し訳《わけ》ありません」

「何のことじゃ？」

ラシャラは謝《あやま》られることなど何もしていないと惚《とぼ》けた。これで流してしまえば、お互《たが》いに何もなかったことにできる。それはラシャラなりの配慮《はいりょ》だった。

だが浅はかな女子生徒は徹底《てってい》的に天然だった。

「い、いえ……その……。本当に、申し訳《わけ》ありませんっ」

そこまで必死になって頭を下げられては、もう流せなくなってしまう。

ラシャラはニッコリと聖母《せいぼ》のような微笑《びしょう》を浮《う》かべて、狼狽《ろうばい》する女子生徒を見つめた。

「ふむ……。では我《われ》の物と比《くら》べて見た感じではどうじゃ？」

「えっと、その……はい」

ラシャラ様の物と同じくらい――――そう答えれば、何の問題もなかった。だが無言のままという事は、マリアの物が優《すぐ》れているという証拠《しょうこ》だ。

（……正直者じゃのう）

女子生徒は目に涙《なみだ》まで溜《た》めて、震《ふる》えている。その様子に逆《ぎゃく》に居《い》たたまれなくなったラシャラは困《こま》ったように彼女を見つめる。

「皆《みな》さん急ぎなさい！」

その場の空気をかき乱《みだ》すように、教師《きょうし》の声が響《ひび》く。

「授業はもう始まっていますよ！」

教師の叱咤《しった》も、今のラシャラにはありがたかった。

生徒達は金縛《かなしば》りから解《と》かれたように、無言のまま急いで着替えを済《す》ませると更衣室から出て行き始める。

泣いていた女生徒を慰《なぐさ》めていた女生徒達が、外へ出る時にちらりとラシャラの様子を窺《うかが》う。

「………」

ラシャラは無言のまま軽く微笑《ほほえ》み、女生徒達は安心したように外へ向かった。

「それにしてもマリアの奴《やつ》……」

＊＊＊

晩餐《ばんさん》は妙《みょう》に硬《かた》い雰囲気《ふんいき》だった。

剣士は気まずい空気に居心地《いごこち》の悪い思いをしながらも、黙々《もくもく》と料理を口に運ぶ。

キャイアとワウも剣士同様に、不味《まず》そうに食事を進めていた。

雰囲気が悪い原因《げんいん》がラシャラなのは明白だった。ラシャラはブスっとした表情で、一言もしゃべらない。

「ラシャラ様、どうしたの？　何かすっごく機嫌《きげん》悪そうなんだけど」

「それが、着替《きが》えのときにマリア様のペチコートの話題になったらしくて……」

「あちゃー、また？」

ワウの問いに、キャイアがやれやれと溜め息を吐《つ》きつつ答えた。

「何をごちゃごちゃ言うておるっ！」

「えっ、何でもないですー、にゃははは……」

「ふんっ」

ワウの乾《かわ》いた笑い声に、ラシャラは荒《あら》い鼻息を立てながら腕《うで》を組んだ。

「別にどっちの下着がよいとか、比較《ひかく》されたことを気にしているわけではない。マリアが勝ったと思うておるのが気に入らないだけじゃ！」

ラシャラは断固《だんこ》とした口調で言った。

「別にそんな事、思ってないと思いますが……」

入学手続きのときにも似《に》たようなことが起きたが、あのときはユキネが機転を利《き》かせてくれたから丸く収《おさ》まった。いっそのこと、その場に両者が居《い》て、その場での対決になった方がマシだったかもしれない。だが今回は直接《ちょくせつ》対決ではないだけに疑心暗鬼《ぎしんあんき》が膨《ふく》らんでいるのだ。

「どちらの技術《ぎじゅつ》が上か……国の威信《いしん》がかかっておるでの」

「そんな大袈裟《おおげさ》なことなの？」

剣士はキャイアに小声で尋《たず》ねた。

「違《ちが》う違う。あれはただの意地の張《は》り合いよ。国の威信っていうより、乙女《おとめ》のプライドの問題ね」

「うちの義姉《ねえ》ちゃん達もそうなんだよなあ」

キャイアの説明に、剣士まで溜め息が出そうになる。

「ええい、やかましい！」

剣士とキャイアの会話が聞こえていたらしく、ドン！　っとラシャラがテーブルに拳《こぶし》を叩《たた》き付ける。

「わわっ」

剣士のコップが倒《たお》れ、水を引っ被《かぶ》った。

「酷《ひど》いなあ、もう……」

剣士はハンカチを取り出して濡《ぬ》れた手を拭《ぬぐ》った。今日の講習《こうしゅう》で作ったばかりのものだ。こんなところで使うとは思ってもいなった。

「あんた、それどうしたの？」

「わー、凄《すご》い綺麗《きれい》……」

キャイアとワウが、剣士の作ったハンカチに注目した。

「これ？　講習でユキネさんに教えてもらったんだ」

「あんた、手先も器用なのねー」

キャイアは感嘆《かんたん》しつつも、どこか悔《くや》しそうな表情《ひょうじょう》でもある。

「へへへへ、技師の人も凄いって言ってくれたよー」

「へえー、ハヴォニワの技師に褒《ほ》められたって、それ凄いことよ。あそこの技術は一級品だからねぇ」

ワウは驚《おどろ》き顔で、ハンカチを繁々《しげしげ》と眺《なが》めた。

「それにしても変わった柄《がら》ね。王家が使うような意匠《いしょう》だけど……」

「何じゃと⁉」

ワウの言葉に、ラシャラは急に立ち上がる。

「お主！　もしかして誰ぞのペチコートを作らなんだか？」

「ええ、ユキネさんの作っている奴の刺繍《ししゅう》部分を半分ほど……」

「やはりお主か、マリアのペチコートを作ったのは！」

「ラシャラ様が不機嫌《ふきげん》な原因を作ったのが剣士だったなんて……」

やれやれとため息を吐いたキャイアとワウは、突然《とつぜん》、ラシャラの方を見た。

剣士だけ状況《じょうきょう》が読めずに、三人の顔を見回した。

「剣士、命令じゃ」

ラシャラは意地が悪そうにニヤリと笑う。

「うっ、嫌《いや》な予感……」

ラシャラが突拍子《とっぴょうし》もないことを言い出すのはいつものことだ。

「今すぐ我《われ》のペチコートを……いや下着もじゃ。上下全部、マリアのものに負けないくらいの豪華《ごうか》なものをな！」

「ええっ⁉　下着もですかぁ」

剣士は思わず立ち上がっていた。いつでも逃《に》げ出せるように腰《こし》が引ける。

「ラシャラ様……さすがに下着はちょっと」

キャイアは常識人《じょうしきじん》らしく諫《いさ》めに入ったが、その程度《ていど》で引くラシャラではない。

「なら、我がマリアに負けてもいいというのか？」

「だったらペチコートだけでいいんじゃないですか？」

剣士も宥《なだ》めようとしたが、逆《ぎゃく》に畳《たた》みかけられる。

「甘《あま》いっ。それではただ真似《まね》したと思われるだけじゃ！　たとえ少々優《すぐ》れていても口さがない連中が、陰《かげ》でグダグダ言うに決まっておる！　ここは圧倒《あっとう》的戦力で叩《たた》きつぶすに限《かぎ》るのじゃ！」

ラシャラの力説に、ワウはうんうんと頷《うなず》いている。キャイアはキャイアで、複雑《ふくざつ》な表情を浮《う》かべたまま否定《ひてい》しない。

「圧倒的戦力って……それじゃまるで戦争じゃないですか？」

「そう戦争じゃ！　国の威信を賭《か》けたものじゃからの」

いつの間にか流れは決まっていた。

「我の採寸《さいすん》データは、ばあやに……」

「どういう流れでこうなったか知られたら、マーヤ様が教えるわけ無いと思いますが」

キャイアは食堂を見回した。

「これだけの大声で話せば、誰《だれ》かから伝わるのは時間の問題だもんね」

「チッ！　なら口頭でもいいじゃろう。上から七十……」

「わあああああっ」

聞いたが最後、とても引き返せないところにまで放り込まれてしまう気がして、慌《あわ》てて耳を塞《ふさ》ぐ。

「もう遅《おそ》い。これは命令だと言ったはずじゃ。なんじゃったら、試《ため》しにキャイアのでも作るか？」

「剣士！　諦《あきら》めなさい！」

我関《かん》せずと、知らんぷりをしていたキャイアが間髪《かんはつ》入れず言う。

「ううっ」

「わかったらとっとと動くのじゃ」

こうして剣士は部屋を追い出された。

＊＊＊

剣士が自分の部屋に戻《もど》り途方《とほう》にくれていると、ドアがノックされた。

キャイアが型紙とデータ用紙を持ってきたようだ。

「これがラシャラ様の採寸データよ」

「はあ……」

思わず盛大《せいだい》な溜《た》め息が出る。

「ラシャラ様も言い出したら聞かないからね」

「そんなこと言ったって、女の人の下着なんて……」

「競争《きょうそう》が始まった以上、遅《おそ》かれ早かれよ。まあやるからには、ちゃんとしたものを作りなさい。どちらにしろ、中途半端《ちゅうとはんぱ》な事をしたら……分かるでしょ？」

一国の元首、それに近い者達の強引《ごういん》さは身にしみてよく分かっていた。

「でも、どんなのを作ればいいのかな？」

「それは……。私だって詳《くわ》しくないし」

キャイアはどこか恥《は》じた様子でぶっきらぼうに答えた。

上級生寮《りょう》での下働きでも、専門の係の者が洗濯《せんたく》するので、豪華な女性《じょせい》のインナーなどというものはろくに見たことがない。

「まあ、私にできることがあったら言いなさい。一応《いちおう》協力はするから」

珍《めず》しくキャイアが優《やさ》しいことを言うので、思わずほろりとなってしまう。

「ねえ、キャイアはどんなのを持ってるの？　参考に見せてくれない？」

「ふざけるなっ」

すかさずキャイアに頰《ほお》を往復《おうふく》ビンタされ、視界《しかい》がチカチカする。

「場所は修繕室《しゅうぜんしつ》を使いなさい。材料もそこに用意しておいたから。いくつか資料《しりょう》もあるはずだから」

王侯貴族《おうこうきぞく》用の独立《どくりつ》寮には、何から何までたいていのものが揃《そろ》っている。衣類の修繕を専《せん》門《もん》とする技師《ぎし》もいるのだ。

「うん、ありがとう、キャイア」

「そうそう、一応《いちおう》言っておくけど、その採寸データは完全機密情報《きみつじょうほう》だからね。もしどこかに漏《も》らしたら……」

「わ、わかってます！」

それから剣士は、徹夜《てつや》で作業に取りかかった。誰のものかはわからないが、修繕室にあったインナーを参考に、ユキネに教えてもらった編み方を応用して、レースをふんだんに編《あ》み込《こ》んでいく。食事も摂《と》らずに一心不乱《ふらん》にレース針《ばり》を動かした。

出来上がったときには、いつの間にか窓《まど》の外は明るくなっており、小鳥の囀《さえず》る声が朝を告げていた。

＊＊＊

作ったのは、オーソドックスに、白のブラとショーツ、そしてペチコートだ。それをラシャラが、剣士の目の前で仔細《しさい》に点検《てんけん》していた。

清々《すがすが》しい早朝に、一体何をやっているのか、シュールすぎて眩暈《めまい》がしそうになる。

「うーん……」

ラシャラは渋《しぶ》い表情《ひょうじょう》で唸《うな》った。

「どうですか?」

「そうねえ……」

ワウも手に取って、じっくりと観察していた。

女性用のインナーを作ったこと自体がそうだが、それを見られることも、何とも気恥《きは》ずかしいものだった。

「縫製《ほうせい》はしっかりしてるし、一晩《ひとばん》でこれを作っちゃうってのは驚《おどろ》きなんだけど、問題はデザインよねえ」

「デザイン?」

剣士は自分が作ったものを、もう一度見てみた。寝不足《ねぶそく》で目がしぱしぱするのを堪《こら》えて、細かいレース模様《もよう》に焦点《しょうてん》を合わせる。

「はっきり言って、色っぽすぎる……のよねえ。マーヤ様が見たら、はしたないって大激《げき》怒《ど》よ」

「う――ん。確《たし》かにちょっと娼婦《しょうふ》っぽいわよねぇ」

ワウも首を傾《かし》げる。

「そうなの？　うちの義姉《ねえ》ちゃんたちはみんなこんな感じなんだけどな」

剣士にはラシャラの年代がどんな物を身につけているのか、その判断《はんだん》が全くつかない。

「でもこれ、修繕室にあったのを参考にアレンジしたんだけど」

「修繕室って……」

ワウはそう言いながら、急に顔を赤くして怒《おこ》り出した。

「あ、あれはたまたま参考で持ってただけだってば。いつもあんなの身につけてるわけじゃないんだから」

ワウはやたら早口になって必死に弁解《べんかい》を始めた。

「ああ、あれ、ワウのだったんだ」

「うぐっ。あんた、乙女《おとめ》に向かって失礼なんだからっ」

剣士に食ってかかるワウを、キャイアは生温《なまあたた》かい目で見守っている。

その間もショーツとブラのセットをチェックしていたラシャラは、顔を上げると断を下した。

「このようなデザインは嫌《いや》な女を思い出す。やり直しじゃ」

「しくしく」

剣士はがっくりと肩《かた》を落としてうな垂《だ》れた。一晩の労力が無駄《むだ》になったわけだ。

「でも嫌な女って誰です？」

「マリアの母親……って、そんな事はどうでもよい！　我《われ》が満足するものを作るまでは、寮《りょう》に帰ってくるでないぞ」

しかも情《なさ》け容赦《ようしゃ》のないラシャラだった。

「ダメですよラシャラ様。それだとこいつ、本当に帰ってこないかもしれませんよ」

「むっ！　確《たし》かに。リチアに野生動物は放し飼《が》いにするなと言われておるからの」

剣士のサバイバル能力《のうりょく》からすると、いくらでも自給《じきゅう》自足できることを、ラシャラは思い出したようだ。

「ねえ、剣士。昨夜も言ったけど、やるからには勝たなきゃダメなの？　そこのところわかってる？」

「う、うん……」

「じゃあ、頑張《がんば》るしかないわね」

剣士はトボトボと部屋を出ていった。

＊＊＊

「少し厳《きび》しすぎませんか？」

キャイアが複雑《ふくざつ》な表情《ひょうじょう》で言ってきた。

「さすがの我も、これを着けるのは恥《は》ずかしい」

頬《ほお》を赤らめながら、ラシャラは机《つくえ》の上の派手《はで》な下着を見つめる。

「下着の事じゃありません！　ペチコートは良い出来なんですから、下着までは……」

「ずいぶん剣士に甘《あま》くなったの。あの時は奴《やっ》に剣《けん》を……！」

と、そこまで言ってワウが同席している事に気付いた。剣士が異《い》世界人であることは、ラシャラとキャイアしか知らぬことだ。

剣士がラシャラのものと周囲に認知《にんち》されるまでは、今しばらく真実は隠《かく》しておく必要がある。

「あの時？」

ワウは不思議そうにラシャラを見つめた。

「奴を捕《と》らえた時の事じゃ」

「ああ、なるほどなるほど」

ラシャラの答えに納得《なっとく》したワウは、それ以上聞いてはこなかった。

「ふふっ」

剣士の作った下着を眺《なが》めつつ、ラシャラは剣士を拾った夜のことを思い出していた。

‡ Recollection 2

ラシャラのシトレイユ皇戴冠式《おうたいかんしき》は、滞《とどこお》りなく終わった。弱冠《じゃっかん》十二歳《さい》ながら、その堂々たる振《ふ》る舞《ま》いは、多くの人々に強く印象づけられたであろう。

シトレイユ皇国《こうこく》はババルン卿《きょう》に実権《じっけん》を握《にぎ》られているとはいえ、いずれはこの少女が頭角を現《あらわ》してくることは、誰もが疑《うたが》わなかったに違《ちが》いない。

だがまずは聖地学院にて、成人するまでの修業《しゅぎょう》を終えなくてはならない。ラシャラとその従者《じゅうしゃ》たちは、聖地学院に入学するため、皇国の移《い》動船《どうせん》スワンで巡礼路《じゅんれいろ》を進んでいた。

既《すで》に日は沈《しず》み、明かりが灯《とも》されていない保《ほ》管室《かんしつ》は薄暗《うすぐら》く、聖機神《せいきしん》は黒いシルエットとして浮《う》かび上がっている。

「やはり聖機人とは違い、どこか荘厳《そうごん》な感じがしますね。この聖機神は……」

　ババルン卿の弟でもあり、聖地学院の教師《きょうし》でもあるユライトは、厳《おごそ》かに聖機神を見つめて言った。背中《せなか》まである長い金髪《きんぱつ》は、薄暗い室内においても輝《かがや》きを失わない。

「そうか？」

　ラシャラは古代文明の遺跡《いせき》から発掘《はっくつ》されたという聖機神を見上げた。人型兵器である聖機人は、この聖機神をモデルに作られたものだ。

「ええ。何人《なんぴと》をも寄《よ》せつけぬ威厳《いげん》と力を感じます」

「何人も動かせぬ、ただの置物じゃ」

　ラシャラは権威《けんい》づけにしか利用されない遺物を、揶揄《やゆ》するように言った。実際《じっさい》のところ、聖機神は発掘されたときから、一度も反応《はんのう》したことすらない。

「ラシャラ様……、戴冠式のときだけとはいえ、教会より借り受けが許《ゆる》されているのは、シトレイユだけなのですよ」

「重いわ、でかいわ……、面倒《めんどう》なだけじゃ」

　身の回りを補佐《ほさ》するマーヤがラシャラの放言を諫《いさ》めたが、ラシャラは気にも留《と》めない。こうしてスワンに乗せて運ぶだけでも、多くの手間がかかっているのだ。ラシャラにとっては、権威づけ以外に意味のないしきたりなど、無駄《むだ》としか思えない。

　するとそのときだった。

コロの鳴き声が建物中に響《ひび》き渡《わた》る。コロとは白い毛並《けな》みの小さく可愛《かわい》らしい動物だ。警《けい》戒心《かいしん》が強く、門番代わりに使えるので、スワン内に多数飼《か》っている。

するとと従者の一人が、慌《あわただ》しい様子で室内に駆《か》け込んできた。

「何事じゃ！」

「敵襲《てきしゅう》です。聖機人が一体！」

それを聞いた親衛《しんえい》隊長のキャイアは、窓《まど》に駆《か》け寄って外の様子を確認《かくにん》した。

「やれやれ、気の早い輩《やから》もいるものじゃの。襲撃《しゅうげき》は聖地での修業を終えてからと思っておったのじゃが……」

即位《そくい》した途端《とたん》にこれだ。十二歳の少女が皇の座《ざ》についたとなれば、よからぬことを企《たくら》む者も出てくる。年少者への皇位継承《けいしょう》とは、国の乱《みだ》れをも意味する。

「しかし妙《みょう》ですね。これだけ接近《せっきん》されるまでコロたちが気づかないなど……、その客人、何者です？」

ユライトは襲撃に動じる様子もなく、怪訝《けげん》そうに考え込んでいる。

「あいつは……いったい？」

外を見ていたキャイアが、驚《おどろ》きの声を上げて窓に顔を寄せた。ぐいっと覗《のぞ》き込むようにして確認している。

「どうした？　キャイア」

「白い……白い聖機人が……」

「何？」

聖機人は操縦《そうじゅう》する聖機師《せいきし》によって、その色や形体が変化するという特徴《とくちょう》がある。そして白い聖機人など、見たことも聞いたこともなかった。

キャイアは従者に何事かを命じると、応戦《おうせん》するために駆《か》け出した。

「キャイア。色々聞きたいこともあるゆえ、丁重《ていちょう》に、の」

ラシャラは、生かして捕《つか》まえるように釘《くぎ》をさした。どんな奴が操縦しているのか興味《きょうみ》が湧《わ》いたからだ。

「巡礼路警備隊《じゅんれいろけいびたい》への連絡《れんらく》はいかがなさいますか？」

相変わらずユライトは落ち着き払《はら》った様子で、微笑《びしょう》すら浮《う》かべている。

「キャイアの面子《めんつ》もある。それにアウラに頼《たよ》るのも癪《しゃく》じゃしの」

巡礼路の警備はシュリフォン王国の王女アウラが担《にな》っている。戴冠早々、正体不明の者に襲撃された程度《ていど》で助けを求めるなど、ラシャラの矜持《きょうじ》がそれを許《ゆる》さない。

戦闘《せんとう》が始まったのか、建物の外からは刃《やいば》を交える激《はげ》しい音が響《ひび》いてきた。

「心配には及《およ》びませんよ。キャイアに勝てる聖機師はそういません……」

確《たし》かにユライトの言う通り、キャイアは優秀《ゆうしゅう》な聖機師だ。でなければあの若《わか》さで親衛《しんえい》隊長など務《つと》まりはしない。

だがそれでも身体《からだ》は一つしかない。

「……相手が一人ならばな……」

ラシャラは格納庫《かくのうこ》の入り口に現《あらわ》れた、新たな聖機人を見つめた。

「……こ奴《やつ》も見たことのない形状《けいじょう》じゃの」

新たに現れた青い聖機人は、名乗ることもなく問答無用で掌《てのひら》をラシャラに向けた。光が収束《しゅうそく》していく。

「危《あぶ》ないっ！」

ユライトとマーヤがラシャラを庇《かば》って盾《たて》となるも、その直後、対人亜《あ》法砲弾《ほうほうだん》の直撃《ちょくげき》を受けて吹《ふ》き飛ばされた。

「マーヤ、ユライトっ！」

二人からの返事はない。

「何者じゃっ！　誰《だれ》の指図で我《われ》を狙《ねら》うか？」

ラシャラは叫《さけ》んだが、相手からの返事はない。

逃《に》げ道を確保《かくほ》するために、別棟《べつむね》への通路を確認《かくにん》すると、一気に走り出した。

しかし相手もそれを読んでいたのか、先回りするように冷却弾《れいきゃくだん》が放たれて、通路を塞《ふさ》ぐように氷の壁《かべ》ができ上がる。

「くっ！」

まさに絶体《ぜったい》絶命だった。

青い聖機人は、剣《けん》を大きく振《ふ》り被《かぶ》る。

ラシャラはその場から微動《びどう》だにせず、聖機人を見据《みす》えた。

青い聖機人の手で振り下ろされた鋭《するど》い刃が、ラシャラの身体にぐんと迫《せま》る。

そのときだった。

――グオオオオォォッ
その場に鎮座《ちんざ》していただけの聖機神が、いきなりを咆哮《ほうこう》を上げた。

さすがの青い聖機人も、これには驚いたようで剣を止めて聖機神に注目する。

「何じゃ!?」

あの聖機神が反応《はんのう》するなど、発掘《はっくつ》されて以来、初めてのことではないだろうか。何に反応したのか、非常《ひじょう》に気になる。

だがそれ以上は聖機神に何も起こらない。

すると横手から突然《とつぜん》現れた聖機人が、青い聖機人に体当たりをぶちかました。

青い聖機人が振り上げていた剣は、ものの見事に弾《はじ》き飛ばされる。

「あれは……」

確か聖機工のワウアンリーが来ていたことを思い出した。結界工房《こうぼう》の出身で、変わった武器《ぶき》の研究開発をしていると聞いている。

とにかくこの好機を逃《のが》す手はない。ラシャラは隠《かく》し通路から飛び出すと、階段《かいだん》を駆け上がり、そのまま寝所《しんじょ》のテラスへと向かった。

視界《しかい》が開けて、高所から瞬時《しゅんじ》に戦況《せんきょう》を把握《はあく》する。

キャイアと白い聖機人は、睨《にら》み合ったまま動かない。青い聖機人とワウの操《あやつ》る聖機人は、ちょうど聖機神保管室《ほかんしつ》から飛び出てくるところだった。

青い聖機人がワウに襲《おそ》いかかる。

ワウは防戦《ぼうせん》一方のようだったが、それにしては動きも単調で、どこか不自然さは否《いな》めない。

「ふむ……」

恐《おそ》らく何か策《さく》があるのだろう。

そう思って見ていた矢先、追い詰《つ》められたかに見えたワウの肩口《かたぐち》から、凄《すさ》まじい爆炎《ばくえん》が噴《ふ》き上がった。

直撃を食らった青い聖機人の右肩は、無残に崩《くず》れて大きく破損《はそん》していた。

「……あれが噂《うわさ》に聞くワウの火薬とやらの威力《いりょく》か……」

聖機人《せいきじん》の装甲《そうこう》を破《やぶ》るくらいだから、十分実用に足りる威力だった。あとで詳《くわ》しい話を聞いてみたくなる。

青い聖機人は、よろよろとした動作で立ち上がると、そのまま逃亡《とうぼう》を図《はか》ろうとした。

「何じゃ、もう終わりか」

スワンに襲撃をかけるほどの賊《ぞく》にしては根性《こんじょう》がない。まだ裏《うら》があるのではないかと訝《いぶか》しく思う。

もちろんワウは追撃する気満々のようで、新しい武器を取り出して青い聖機人に狙《ねら》いを定めた。

すると上空に一瞬だけ影が差した。

ラシャラがぱっと空を見上げると、そこに浮《う》かんでいたのは黒い聖機人だった。

「なっ！」

黒い聖機人は、爆風とともに二体の間に割《わ》り込《こ》んで、青い聖機人を上空まで引っ張《ぱ》り上げた。

「今度は黒い聖機人じゃと？」

白い聖機人と並《なら》んで、黒い聖機人の存在《そんざい》など見たことも聞いたこともなかった。今夜は見知らぬ聖機人を、立て続けに三体も見たことになる。ラシャラの知らないところで、何かが起きているらしい。

ワウは上空の二体に向けて、新型兵器らしきものを発射《はっしゃ》した。

黒い聖機人は避《よ》けようともせずに、青い聖機人を盾《たて》にして迎《むか》え撃《う》つ。

「ほう……」

あの二体、どうやら単純な仲間とも違《ちが》うらしい。

結局二体の聖機人はそこで襲撃《しゅうげき》を諦《あきら》めたようで、ワウの追撃を振り切って逃《に》げたようだ。

ワウはキャイアの加勢《かせい》に向かった。

「さて、あの白い聖機人、どう対処《たいしょ》するやら……」

キャイアとワウの二体が相手では、さすがの白い聖機人も荷が重いだろう。だがキャイアと互角《ごかく》に渡《わた》り合うだけでも、相当の手練《てだれ》なのだ。

できれば白い聖機人の方は逃《に》がしたくない。

しかし白い聖機人は、突然甲高《とつぜんかんだか》い音を立てて、機動が桁違《けたちが》いに速くなった。ラシャラは目を瞠《みは》る。

「何者じゃ……、あやつ……」

動力炉《ろ》のリミッターを外したのだろう。なのにあれだけ動けるなど、実際《じっさい》にこの目で見ていても信じられない。

白い聖機人はあっという間にキャイアとワウの二体を行動不能《ふのう》に至《いた》らしめると、暴走《ぼうそう》しながらもラシャラのいるテラスに向かって建物をよじ登ってきた。

逃げてもよかったが、好奇心《こうきしん》の方が勝《まさ》った。どんな相手が乗っているのか、この目で確《たし》かめたくなる。

ラシャラは月明かりのもとで聖機師《せいきし》を迎えた。

そして現《あらわ》れたのは、何と少年だった。

「お主、男か？」

絶対的に数が少ない男性聖機師が襲《おそ》ってくるなど、完全に予想外だった。その貴重《きちょう》な存在が、暗殺者などに身をやつしていることが信じられない。それ以前にラシャラが顔も知らない男性聖機師など、この世に存在しないはずだ。

ラシャラはまじまじと少年の顔を見つめた。見たところ、自分よりも若干《じゃっかん》年上だろうか。

少年は荒《あら》い息とともに短剣《たんけん》を取り出して身構《みがま》えた。だが亜法酔《あほうよ》いが酷《ひど》そうだった。あれだけ激《はげ》しい操縦《そうじゅう》を続けていれば、こうなるのが当然だが、いまだ意識《いしき》を保《たも》っていること自体が信じられない。どれほどの耐久持続力《たいきゅうじぞくりょく》を持っているのか。

「お主ほどの聖機師に討《う》たれるのならば……悪くない」

それは時間稼《かせ》ぎの一言だったが、半分は本気だった。キャイアとワウを同時に子ども扱《あつか》いするほどの技量《ぎりょう》の持ち主なのだ。

だが亜法酔いとは別に、少年の剣先は震《ふる》えていた。

（……ふむ……）

どうやら根っからの悪人ではないらしい。何やら事情《じじょう》があるのだろう。

するとテラスの扉《とびら》をぶち破ってキャイアが飛び出してきた。

背後《はいご》から飛びかかったキャイアを、少年は振《ふ》り向きもせずに投げ飛ばす。だがそこで限《げん》界《かい》だったようだ。少年は亜法酔いに耐《た》え切れなくなったのか、頭を抱《かか》え込んで苦しみ出した。

その隙《すき》を見逃《みのが》すキャイアではない。キャイアは瞬時《しゅんじ》に少年の懐《ふところ》に飛び込むと地面に叩《たた》きつけた。そのまま馬乗りになって、抵抗《ていこう》できないように押《お》さえ込む。

「こいつ！……お、男？」

キャイアは驚《おどろ》きのあまり一瞬動きを止めた。だがすぐに止《とど》めを刺《さ》そうと、少年の喉《のど》に短剣を振り下ろす。

「止《や》めよっ！」

ラシャラの叫《さけ》びが響《ひび》き渡《わた》った。

間一髪《かんいっぱつ》で剣を止めたキャイアが振り返る。

「しかしっ！　この者は姫《ひめ》様を襲ったばかりか、御寝所に侵入《しんにゅう》したのですよ！　ここに入ることを許《ゆる》される男性《だんせい》は……」

「いいのじゃ」

ラシャラはキャイアを宥《なだ》めるようにゆっくりと言った。

キャイアも落ち着きを取り戻《もど》したようで、両腕《りょううで》から力を抜《ぬ》いた。

「じゅ、純潔《じゅんけつ》ではないと噂《うわさ》されたら、国の威信《いしん》に……」

「我《われ》らが黙《だま》っておれば問題ない。それに、今回の事件《じけん》の重要な証人《しょうにん》じゃぞ」

「うっ……わかりました」

この少年には聞き出したいことは山ほどある。まだ死なすわけにはいかない。

「それにしても数少ない男性聖機師を暗殺者として使うなんて……」

「暗殺者というのはどうかの？　こやつが本気ならば、最初の奇襲《きしゅう》でやられておったじゃろう」

「それは……」

最初だけではなく、チャンスは幾度《いくど》もあった。ラシャラに剣を向けたときの迷《まよ》いからも、それは見て取れる。

問題なのは、仲間と思われる聖機人がこの少年を置いて逃《に》げたことだった。

「向こうが捨《す》て駒《ごま》にするつもりならば、こやつを我《われ》のものにするのに、何の問題もあるまい？」

「し、しかし！」

「若《わか》く、しかも力のある男の聖機師……。いい商売になると思わぬか？」

これほどの腕《うで》を持つ男性聖機師ならば、結婚相手として希望者は殺到《さっとう》するだろう。一体どれほどの儲《もう》けになるか、考えただけでも胸《むね》が躍《おど》る。

何としてもこの少年を、自分のものにしておきたい。ラシャラは膨大《ぼうだい》な皮算用にほくそえむのだった。

§3

完成させるまで寮《りょう》に戻ってくるなと追い出されたものの、剣士の仕事は変わらない。

地下施設《しせつ》では昨日に引き続いて、今日もハヴォニワの技師《ぎし》たちが技術指導《ぎじゅつしどう》に来てくれていた。

ユキネも、講習《こうしゅう》を受けている各人の習作にアドバイスを送っている。

「剣士、目が赤い。寝不足《ねぶそく》？」

「うー、ちょっと徹夜《てつや》を……」

「無理しちゃダメ……」

ユキネは、困《こま》ったようにというか、労《いた》わるようにというか、そんな表情《ひょうじょう》で剣士を窘《たしな》めた。

「あー、うん、そうなんだけど……」

「どうしたの？」

ユキネは剣士にぐっと顔を寄《よ》せてきた。

「成り行きで女の人のインナーを作らなくちゃならなくなったんだけど、上手《うま》く作れなくて」

「インナー……。剣士はそういうのが好きなの？」

ユキネは頬《ほお》を赤く染《そ》めてそっと囁《ささや》いた。

「ええっ!?　えっと、好きとか嫌《きら》いとか、そういうんじゃなくて、ラシャラ様にっ」

剣士はしどろもどろになって、つい口を滑《すべ》らせてしまった。

「ラシャラ様？」

「あ、えっとその……」

マリアと張《は》り合うための下着製作《せいさく》を命じられたとは、さすがに言えない。

「剣士、困っているのなら……相談して」

ユキネは剣士の頭を撫《な》でながらジッと見つめた。

「うっ！」

その美貌《びぼう》と子犬のような純粋《じゅんすい》な目で見つめられると、ユキネに隠《かく》し事をするのに途轍《とてつ》もない罪悪感《ざいあく》を覚える。

「誰《だれ》にも言わないから……」

優《やさ》しい吐息《といき》にも似《に》た囁き。温かい吐息がくすぐったくて、夢心地《ゆめごこち》な気分に包まれる。気がついたら、魅了暗示《みりょうあんじ》にでもかけられたかのように、昨夜からの事情をペラペラと話してしまっていた。

「なら……、私が剣士に教えてあげる」

「いいですか？　でもマリア様が……」

「大丈夫《だいじょうぶ》。マリア様は気にしない」

「ほんとに？」

「……きっと……たぶん」

念のために聞き返すと、ユキネは少し考えて、ややトーンダウンして答えた。

マリアがこのことを知ったら、きっとラシャラをからかうくらいのことはしそうだった。

似た者同士なだけに、それは間違《まち》いないと断言《だんげん》できる。

「内緒《ないしょ》にしておくから」

ユキネはそう言って、悪戯《いたずら》っぽく笑った。キャイアのように融通《ゆうずう》が利《き》かないわけではない。彼女は十分大人だ。

「その代わり……」

ユキネが出した条件《じょうけん》は意外なものだったが、剣士は快《こころよ》く了承《りょうしょう》した。ラシャラとマリアの二人が仲良くしてくれるなら異存《いぞん》はない。

ユキネが剣士が作ったものを見てみたいと言うので、剣士は一旦寮《いったんりょう》に戻って取ってくると、作業台の上に載《の》せた。

ユキネは真剣《しんけん》な表情《ひょうじょう》で、引っ張ったり裏返《うらがえ》したりと仔細《しさい》にチェックしている。色っぽい下着をユキネが見ている様は、思いっきり刺激《しげき》的だ。

「これを一晩《ひとばん》で？」

「うっ、うん」

「縫製《ほうせい》は問題ない。ううん、完璧《かんぺき》……」

ユキネは白い顔を剣士に向けてマジマジと見つめた。

「ダメなのはデザインだって」

「デザイン……」

剣士の作った下着を見て、ユキネはようやく顔を赤らめる。

「でもラシャラ様が着るようなので、豪華《ごうか》なインナーなんて見たことがないし、キャイアの持ってるやつを見せてって言ったら、引っぱたかれた……ははは」

さすがに笑うしかない。

だがユキネは何やら考え込《こ》んでいる。

そして講習《こうしゅう》の終わりを告げる鐘《かね》が鳴った。

「……お昼の仕事が終わったら、独立寮《どくりつ》に来て」

「マリア様の？」

ユキネはほんの僅《わず》か頷《うなず》くと、他の技師《ぎし》たちと一緒《いっしょ》に修繕室《しゅうぜんしつ》を出ていった。

＊＊＊

「うっわー、マリア様の寮も凄《すご》いなあ……」

王侯貴族《おうこうきぞく》用の寮だけあって、その設備《せつび》は贅《ぜい》を凝《こ》らしてある。ラシャラのいる独立寮とも全く見劣《みおと》りしない。

マリアはまだ授業《じゅぎょう》があるらしく戻《もど》ってきていないようだ。

「こっち。適当《てきとう》に座《すわ》って……」

ユキネは自室に剣士を案内すると部屋を出ていった。

残された剣士は所在《しょざい》なさげに立っていた。

レース模様《もよう》のカーテンだとか、テーブルの上に綺麗《きれい》な花が飾《かざ》ってあったりなど、女性《じょせい》らしさが部屋のあちこちに表れていて、何となく落ち着かない。

しばらくすると、ユキネは湯気の立つティーセットを持って戻《もど》ってきた。

「それで話って何ですか？」

「…………参考にして」

ユキネはしばらく逡巡《しゅんじゅん》しているような素振《そぶ》りを見せたあと、意を決したかのように力強くクローゼットの扉《とびら》を開けた。続けて収納《しゅうのう》ボックスを引っ張《ぱ》って中のものを指差した。

「ぶほっ」

思わず剣士は息を吐《は》き出して咳《せ》き込んだ。色とりどりのインナーが、小さく折り畳《たた》まれてわんさかと並《なら》んでいたからだ。種類で言えば、ブラにショーツ、ペチコートにキャミソール、ガードルにストッキング、コルセットなどなど、デザインで言えば、大人っぽいものから、ファンシーなもの、体形補整《ほせい》するものまで、あらゆるものが取り揃《そろ》えられていた。

「えええっと、その、あの……」

「私が付け始めた頃《ころ》からの……気に入った物を参考で残している……。剣士の役に立てたら嬉《うれ》しい……」

ユキネは恥《は》ずかしそうにそう言った。白い肌《はだ》が桃色《ももいろ》に染《そ》まっている。

だが剣士は何と言っていいのか、というかこのまま見続けていていいのかわからず、しどろもどろになって言葉を探《さが》す。

「参考にならない？」

ユキネは悲しそうに眉根《まゆね》を寄《よ》せて横を向いた。

「それなら今穿《は》いている……」

ユキネは制服《せいふく》の裾《すそ》を掴《つか》むと、おずおずと持ち上げようとし、慌《あわ》てて別の引き出しを開けた。

「あわわわわ、こここれで十分に参考になりますっ！」

視界《しかい》に入らないように天井《てんじょう》を見上げながら、もう叫《さけ》ぶようにそう言っていた。

「そう。よかった……」

ユキネはほっとしたように胸《むね》を撫《な》で下ろしている。

「ほ、本当に借りちゃっていいんですか？」

剣士はバッグを持ち上げた。中にはユキネのインナーが大量に押《お》し込まれている。

「恥《は》ずかしいけど……、剣士にならいい」

ユキネは恥ずかしそうに横を向いて言った。露《あら》わになったうなじは、ほんのり桜色《さくらいろ》に染《そ》まっており、匂《にお》い立つような色っぽさが漂《ただよ》う。

これ以上部屋に留《とど》まるとおかしな気分になりそうだったので、剣士は急いで部屋を出た。

§4

翌朝《よくあさ》、始業前に剣士はラシャラの独立寮《りょう》に戻った。

ちょうどラシャラとキャイアが書斎《しょさい》で、朝食の準備《じゅんび》待ちをしているところだった。

ワウは朝早く工房《こうぼう》に向かったそうで、今はいない。

剣士は地下施設《しせつ》の修繕室で、再《ふたた》び徹夜《てつや》して製作《せいさく》作業を終えたばかりだ。気を抜《ぬ》くと意識《いしき》が飛びそうになる。二日連続での完徹《かんてつ》などは問題ではない。精神《せいしん》的な疲労《ひろう》が原因《げんいん》だ。

「ほほう。なにやら自信があるという目じゃな」

「自信ってほどじゃないけど……」

だが今回はユキネのインナーという心強い参考資料《しりょう》があった。

剣士は紙袋《かみぶくろ》に包まれた製作物をラシャラに手渡《てわた》した。

「はー、あんた、集中力と体力は化け物じみてるわね」

キャイアは、製作したインナーの出来よりも、そちらの方に感心している。

「どれどれ、ほう……」

「これは……」

ラシャラとキャイアは感嘆《かんたん》の声を上げた。

ブラにショーツ、ガーターベルトにストッキングという四点セットだ。だが超絶技巧《ちょうぜつぎこう》を凝《こ》らしたその装飾《そうしょく》は大胆《だいたん》にして繊細《せんさい》、ユキネから借りたインナーのどれをも超《こ》える複雑《ふくざつ》かつ優美《ゆうび》なレース模様《もよう》は、もはや芸術品《げいじゅつひん》のレベルにまで達していた。

「しかし黒とはまた大胆じゃな……」

「でも黒はちょっとラシャラ様には少しばかり早いのでは？」

「むっ、我《われ》は子どもではないぞ」

ラシャラはムキになって口を尖《とが》らせると、どこか浮《う》き立ったような様子で身を翻《ひるがえ》した。

「待っておれ。着替《きか》えてくるでの」

「ええっ？　ラシャラ様、遅刻《ちこく》しますよ」

「ならキャイアは着替えを手伝うのじゃ」

隣室《りんしつ》に駆《か》け込んだラシャラは、扉《とびら》を閉《し》めようともせずに制服を脱《ぬ》ぎ出している。寝不足《ねぶそく》の剣士は、とりあえず近くのソファーに腰《こし》を下ろした。耐《た》え難《がた》いほどの睡魔《すいま》が襲《おそ》ってくる。

「……ラ様、ラシャラ様っ、まずいですってばっ」

騒《さわ》がしさにはっとする。どうやら一瞬《いっしゅん》意識が飛んでいたらしい。顔を上げると、ラシャラが剣士の前で仁王立《におうだ》ちしていた。下着姿《したぎすがた》のままで——。

「いいっ!?」

思わず剣士はあとずさった。

「剣士は目を閉《と》じてなさい！」

追いかけてきたキャイアが怒鳴《どな》りつける。

「ええい、目を瞑《つぶ》るでないっ。お主の作品じゃ、今後の事もある、しっかりと確《たし》かめぬか！」

下着を作っている時は、技術《ぎじゅつ》的な事で頭が一杯《いっぱい》だった。だがそれが一度、人の肉体へと纏《まと》われた時、そこには得も言われぬ生々しさがある。剣士は目を閉じたり見開いたり、どうすればいいのかわからず、逃《に》げ出したくなる。

「どうじゃ？　我にも大人の色気というものがあろう？」

ラシャラは得意満面の笑《え》みを浮《う》かべて、剣士ににじり寄《よ》る。発育途上《とじょう》の未成熟《みせいじゅく》な身体《からだ》には彼女が言うような大人の魅力《みりょく》などはない。だが、人に見られる事が当たり前の彼女にとって人を惹《ひ》きつける立ち居振《いふ》る舞《ま》いはお手の物だ。

「大人の色気と言われても……」

その妖精《ようせい》のような姿に、剣士はドギマギしながら視《し》線《せん》を逸《そ》らしつつ言う。

「フフッ」

剣士の様子を見たラシャラは、それでも満足げに頷《うなず》いた。

「ラシャラ様、お食事の用意が……！　こ、これは！」

書斎《しょさい》に入って来たマーヤはラシャラの姿態《したい》を見て目を瞠《みは》った。

「マーヤ様っ」

「おお、ばあや……どうじゃ？」

「シトレイユ皇国《こうこく》の姫皇《ひめおう》ともあろうお方が、従者《じゅうしゃ》とはいえ男の前ではしたない格好《かっこう》を……、先代がお知りになられたら、何と嘆《なげ》きなさるかっ！　キャイア殿《どの》まで一緒《いっしょ》にいながら、何たる醜態《しゅうたい》……」

「す、すみません」

マーヤはキャイアと剣士を一睨《ひとにら》みすると、ラシャラの腕《うで》を摑《つか》んで、隣室に問答無用で引き摺《ず》っていく。

しかし剣士は頭が回らない。静けさが戻《もど》ってくると、目の前の騒動《そうどう》も今は他人事《ひとごと》のようにしか思えず、ぼうっと見ているだけだった。目を開けたまま意識《いしき》が飛ぶ。

「寝《ね》るなっ！」

キャイアが剣士の頭をすぱーんと叩《たた》いた。

「剣士も当事者だ」

「酷《ひど》い……」

作れと言われたから作ったのにこの仕打ちだった。絶対《ぜったい》に割《わり》に合わない。

＊＊＊

剣士は結局少しも休むことなく、ラシャラやキャイアと一緒に独立寮《どくりつりょう》を出た。

ラシャラは校舎《こうしゃ》へと向かう道すがら、凝《こ》った肩《かた》を解《ほぐ》すように首をぐるぐる回している。

「やれやれ、マーヤめ。ちと説教が長すぎるぞ」

「怒《おこ》らせる方が悪いと思いますけど」

「何ぞ申したか？」

「いえ、何でも」

キャイアはしれっとした顔で明後日《あさって》を向いた。

剣士は苦笑《くしょう》を漏《も》らしつつ、ラシャラの半歩後ろを歩いている。身体《からだ》を動かしていれば、多少は睡魔《すいま》からも逃《のが》れられる。

「しかし剣士、見直したぞ。あれはよいデザインじゃ。着心地《きごこち》もなかなかに良い。心なしか身体が軽くなったように感じたほどじゃ。尋常《じんじょう》ならざる力が働いていたような気さえする……」

「ありがとうございます」

剣士はそこまで評価《ひょうか》されるとは思っていなかったので、ほっと胸《むね》を撫《な》で下ろした。満足してもらえたようで、今夜こそゆっくり眠《ねむ》れそうだ。

だがどうやら効果《こうか》がありすぎたらしい。

「ふむ……。じゃとすると上手《うま》くいけば一儲《ひともう》け……いや大儲けが……」

ラシャラは宙《ちゅう》を睨《にら》みながら、何やら皮算用らしきものを始めた。

「あ、何かよからぬこと考えてる気がする」

「奇遇《きぐう》ね。私もそう思う」

剣士はキャイアと顔を見合わせた。お互《たが》いに顔が引きつっている。

剣士はその場で足を止めると、回れ右をした。巻《ま》き込《こ》まれる前に姿を消した方がいい。

「じゃ、じゃあ、俺《おれ》は仕事があるから」

「待ちなさい。逃《に》げる気？」

キャイアは剣士の首根っこを摑《つか》んで放さない。息が詰《つ》まる。もがいていると、更《さら》に別の方向から剣士の首輪に手が伸《の》びてきた。

「剣士、次はキャイアの下着を作るのじゃ」

「ええっ⁉」

「ええっ⁉」

なぜそうなる。

「経験値《けいけんち》は高いほどよい。それにあのフィット感が、我《われ》だけが感じたものかを確《たし》かめなくてはの」

ラシャラはにんまりと唇《くちびる》の端《はし》を歪《ゆが》めた。

「キャイアのなんか恥《は》ずかしくて作れないよ」

「恥ずかしいってどういう意味よ！　私の身体が女らしくないとでも言うの？」

キャイアは隣《となり》で、剣士にずれた文句《もんく》を言い立てた。

「ならば作ってもよいのじゃな？　キャイア」

「そんなこと言ってませんっ！」

キャイアは反対したが、ラシャラはもちろん聞いていない。

「あとで採寸《さいすん》データを渡《わた》すから、明日までに作るのじゃ。いいな？」

ラシャラは有無《うむ》を言わさぬ口調で厳命《げんめい》すると、剣士の返事も聞かずに歩いていった。

キャイアは剣士に作るなとも言えず、かといって真面目《まじめ》に作れとも言えず、困《こま》ったような表情《ひょうじょう》でラシャラを追いかけていった。

剣士は力なくその場にへたり込む。

「……俺は一体いつになったら眠れるんだ？」

§5

完徹《かんてつ》三日目――。

まだ外は薄暗《うすぐら》い早朝、キャイアのインナーも完成した。ブラにキャミソール、ショーツの三点セットだ。キャイアの場合、元々あるベーシックな物を手直しした。

寮に戻《もど》ると、キャイアが庭に出てくるところだった。日課にしている剣《けん》の素振《すぶ》りを始めるのだろう。

「おはよう～」

「きゃあああああ」

キャイアはけたたましい悲鳴を上げて、持っていた木刀で殴《なぐ》りかかってきた。

無意識《むいしき》に身体が動かなかったら、直撃《ちょくげき》を食らうところだった。でもそのお陰《かげ》で、少しばかり頭がしゃっきりとした。

「酷《ひど》いよ、キャイア〜」

「いきなり気配もなしに近付《ちかづ》かないで！」

キャイアのような騎士《きし》にとって、気配もなく後ろから声をかけられることは負けを、場合によっては死を意味する。

「キャイアのインナーも作った〜」

剣士は紙袋《かみぶくろ》を差し出した。

「えっ？　ほんとに作っちゃったの？　明日までに作れって言ったのはラシャラ様だけど……。仕方ないわね。じゃあ素振りが終わったら着てみるわよ」

剣士の憔悴《しょうすい》っぷりを見て気の毒に思ったのか、キャイアは、無碍《むげ》に断《ことわ》るようなことはなかった。

「あんたはラシャラ様が起きてくるまで、少し休んでなさい」

剣士は久し振りに自室のベッドに横になると、瞬時《しゅんじ》に眠りに落ちていった。

＊＊＊

剣士が眠れたのはほんの小一時間ほどだったが、それでも頭はかなりすっきりとした。

朝食前、キャイアはシャワーを浴びて汗《あせ》を流したあとに、剣士が作ったインナーを身につけてくれた。今は書斎《しょさい》で剣士とラシャラに着心地《きごこち》を報告《ほうこく》している。

「へえ、今度はキャイアのを作ったんだ」

話を聞きつけたワウが入ってくる。

「胸《むね》が少しきつい……かな。他《ほか》は問題ないけど」

キャイアは制服《せいふく》の上から胸に手を当てて、押《お》したり戻したりを繰《く》り返した。

「変だなあ。キャイアのサイズって八十……ぶへっ」

言い終わらないうちにキャイアの拳《こぶし》が剣士の頬《ほお》にめり込んでいた。

「じゃあ、もしかして太っ……はぐっ」

今度は反対側の頬だ。

「採寸したのはいつじゃ？」

「えっと……、あれ？　いつだったかしら？」

キャイアは首を捻《ひね》って記憶《きおく》を辿《たど》っている。

「そうだ！　称号授与式《しょうごうじゅよ》の服を作る時だわ」

剣士は、ミスコンで着るようなガウンとレオタード姿《すがた》のキャイアとワウを思い出した。

「やだわ。また胸が大きくなっちゃった……剣を振るとき邪魔《じゃま》なのよね」

「どう思います？　あのセリフ」

ワウは小声でラシャラに囁《ささや》く。

「全女性《じょせい》の何割《なんわり》かを敵《てき》に回す発言じゃの」

ラシャラはキャイアの胸を指先でぷにっと押した。

「あひゃっ、ラ、ラシャラ様っ」

ラシャラはぷにぷにと何度も突《つ》いている。

「まあメザイアはもっとでかいゆえ、まだまだ大きくなるわけじゃの」

「止《や》めて下さい！」

キャイアは頬《ほお》を赤く染《そ》めたまま、両腕《りょううで》で胸を抱《かか》えて、ラシャラの指先から逃《のが》れるようにあとずさった。

「仕方ないの。なら実寸《じっすん》を測《はか》るのじゃ」

採寸データが当てにならないのなら、確《たし》かに実際《じっさい》に計測《けいそく》しないと意味がない。だがそうなると、今夜も徹夜《てつや》なのだろうか。目の前が暗くなる。

「よし剣士、あとで測っておけ」

「……えええええっ⁉」

「……えええええっ⁉」

剣士とキャイアの声が綺麗《きれい》に重なった。

「な、なぜ剣士に？」

「作るのは剣士じゃからな。今後注文を受ける以上、今後は他の娘《むすめ》たちも、お主が測るのじゃぞ。今のうちに予行練習しておくがいい」

ラシャラはワウと逃《に》げ腰《ごし》になった剣士とキャイアの腕を取ると、強引《ごういん》に部屋の中に押し込んだ。

「なあに、サイズを測るだけじゃ。すぐに終わる」

そしてニタリと笑いながら扉《とびら》を閉《し》めた。当然ワウもラシャラも手伝うつもりなどないようで、部屋の外で待っている。

剣士はキャイアと顔を見合わせた。お互《たが》いにぎこちなく笑う。

「……ど、どうするの？」

「どうするって……やるしかないじゃない」

キャイアも、ラシャラが一度言い出したら聞かないのは、十分にわかっているようだ。

「自分で測るから。だからあんたは目を瞑《つぶ》ってなさいっ」

「それは……無理だと思うよ。手が届《とど》かないところとか、手足を伸《の》ばしたまま測らなきゃならないところもあるし」

「うっ……」

剣士が指摘《してき》すると、キャイアは言葉に詰《つ》まって呻《うめ》いた。

そのままお互いに黙《だま》りこくって、密室内《みっしつ》に異様《いよう》な緊張感《きんちょう》が渦巻《うずま》く。だがこのまま時間を無駄《むだ》にしても始まらない。

「……問題があったのは上だけだから」

剣士はメジャーを取り出すと、キャイアから目を逸《そ》らしながら言った。

「分かったわ、じゃあ脱ぐけど、変なことしたら、殺すからねっ！」

キャイアは真っ赤になって制服《せいふく》に手をかけた。

剣士はキャイアに背《せ》を向けて待った。衣擦《きぬず》れの音がやけに大きく聞こえる。

振《ふ》り向くと、キャイアは顔だけでなく全身もほんのりと上気したように桃色《ももいろ》に染《そ》まっていた。剣士が作った薄水色《うすみずいろ》のインナーが、キャイアの肉体美を際立《きわだ》たせている。

「余計《よけい》なところを触《さわ》ったら、ただじゃおかないからね？　いい？」

剣士は返事の代わりに頷《うなず》くと、メジャーを引き伸《の》ばした。頭の中を空っぽにして、何も考えないようにしながら、キャイアの後ろからメジャーを巻《ま》きつける。

一通り測り終わると、キャイアはほっとしたように息を吐《は》いた。

「疲《つか》れた……」

「お互い様よ」

かなり気を遣《つか》った扱《あつか》いを受けたキャイアは恥《は》ずかしそうに笑った。

「他の子にもこれくらい丁寧《ていねい》に、かつ紳士《しんし》的に振舞《ふるま》うのよ。いい？」

そう言われた瞬間《しゅんかん》、剣士は作業を終えた安堵《あんど》感から、意識《いしき》がすうっと遠くなるのを感じた。

女子生徒と一対一という状況《じょうきょう》、密室、いい？という命令単語、猛烈《もうれつ》な睡眠《すいみん》不足、空っぽの頭、そして極度の緊張、キャイアとメザイアが姉妹だった……その他諸々《もろもろ》の条件《じょうけん》が重なったのだろう。これは不運なアクシデントと言っていい。

「……はい、メザイア姉ちゃん」

「は？　何言ってんのよ。姉さんなんてここにいないでしょ」

キャイアは振《ふ》り返って剣士に言った。そして怪訝《けげん》そうに俯《うつむ》き加減《かげん》の剣士の顔を覗《のぞ》き込《こ》む。

そのキャイアの目が驚愕《きょうがく》で見開かれた。

虚《うつ》ろな視線《しせん》と無表情《むひょうじょう》。いつだかのマッサージマシーンと化した剣士がそこにいた。以前メザイアがかけた暗示《あんじ》で、怪《あや》しげな性感《せいかん》マッサージ紛《まが》いの狼藉《ろうぜき》を行うように仕向けられたことがあったが、今の剣士はそのときの状態《じょうたい》とそっくりだった。

「きゃあああ、あんた、何スイッチ入ってんのよっ！」

ずざざざとあとずさるキャイアを追って、剣士は音もなく近寄《ちかよ》った。

「こ、こらっ、正気に戻《もど》りなさいっ」

キャイアは拳《こぶし》を繰《く》り出すも、剣士はひょいひょいとかわして、その腕《うで》を摑《つか》む。

「きゃ、どこ触っ……」

剣士はそのまま、キャイアを床《ゆか》に組み敷《し》いてマッサージを始めた。

「あん、ちょ、やめ……」

殴《なぐ》りかかってもダメ、蹴《け》り上げてもダメ、頭突《ずつ》きも簡単に避《よ》けられた。

「やめなさ……いって……言って、あああん」

キャイアは必死に暴《あば》れるも、もがけばもがくほど弱い部分を攻《せ》め立てられる。

「そ、そん……なとこ……、うっ、うっ、けん……」

キャイアは剣士の攻勢《こうせい》を必死に耐《た》えた。

「どうしたのじゃ!?」

その時、騒《さわ》ぎを聞きつけたラシャラがドアを開いた。

ドアにもたれかかっていたキャイアと剣士は共に後ろに倒《たお》れ、偶然《ぐうぜん》それが巴投《ともえな》げのような状態となった。

ゴツッ！

鈍《にぶ》い音とともにワウと剣士の頭はぶつかった。そして二人共床に倒れて気絶《きぜつ》したのだった。

§6

翌日《よくじつ》の夕方——。今日は休日で学校も休みだった。

「で、どうじゃ？」

ラシャラはキャイアに感想を聞いた。実寸《じっすん》に合わせて作り直させたものを、試着させて半日が過《す》ぎた。キャイアは今も身につけているはずだ。

「癪《しゃく》ですけど、フィット感はとてもいいです」

キャイアは憮然《ぶぜん》とした表情でそう言った。よほど不本意なのだろう。

剣士は久《ひさ》し振《ぶ》りに熟睡《じゅくすい》しているようで、まだ起きてこない。

「無理な締《し》めつけもないので動き易《やす》いです」

「心なしか……スタイルもずいぶんよく見えるな」

「……まあ、それは感じますが……」

極《きわ》めて完成度が高いのがそこだった。素材《そざい》の力を最大限《さいだいげん》に生かしているのだろう。自然な形で体形補整効果《ほせいこうか》があるらしい。

これが口コミで広がれば、購入希望者《こうにゅう》は殺到《さっとう》するはずだ。

「しかし、問題は採寸《さいすん》じゃの……まさかバーサーカーモードに入るとは……」

「クッ！」

恐怖《きょうふ》と快感《かいかん》が甦《よみがえ》るのだろう、キャイアは拳を握《にぎ》り締め肩《かた》を震《ふる》わせる。

以前にメザイアがかけた暗示が発動する可能性《かのうせい》があるのでは、とても採寸をさせるわけにはいかない。

剣士がラシャラの所有であることを周知徹底《てってい》させ、さらに既成《きせい》事実として一年間、剣士を従者《じゅうしゃ》として継続《けいぞく》して雇《やと》うことこそが、この聖地《せいち》に彼を従者として連れてきた本来の目的である。その期間が過ぎる以前に、剣士が不祥事《ふしょうじ》を起こすことは非常《ひじょう》に拙《まず》いのだ。

「採寸できないとなると……聖地のデータを拝借《はいしゃく》するか……？」

「それはまずいのでは？」

本来採寸した精密《せいみつ》データは、部外者が使用する場合、莫大《ばくだい》なマージンを取られる。特に下着等の肌《はだ》に直接触《ちょくせつふ》れる物は、採寸する身体《からだ》の部位や採寸方法自体が機密《きみつ》となるため、ほとんど外部に貸《か》し出されることはない。あったとしても、重要な部分の採寸データは抜《ぬ》かれ、基本《きほん》的なデータのみとなってしまう。

「聖地のデータを使用する場合、当然、聖地の工房《こうぼう》に発注しなければなりませんから」

「そうなれば、結局我《われ》に入るのは剣士のバイト料となってしまう」

と、なれば必然的にルールを逸脱《いつだつ》するしか方法がなくなる。

「さいわい連中は金を持っておる奴《やつ》らじゃ。慎重《しんちょう》にかつ飢餓《きが》感を煽《あお》る方がいいやもしれん」

ラシャラはくくと喉《のど》の奥《おく》で笑った。

キャイアはそんなラシャラをジト目で眺《なが》めている。

「もともと剣士を使って、そのような商売をすること自体が規則《きそく》に抵触《ていしょく》するのですよ……ラシャラ様のお名前に傷《きず》がつくような真似《まね》は避《さ》けられた方が……」

「生徒たちからの評判《ひょうばん》は上がりこそすれ、下がりはせぬ。聖地から目は付けられようが、それは今さらじゃしの、ハッハッハ！」

「開き直らないで下さいっ」

平気な様子でからからと笑うラシャラに、キャイアは諦《あきら》めつつも突《つ》っ込んだ。

もちろんラシャラは聞き流した。

＊＊＊

某更衣室《ぼうこういしつ》にて——。

「すごーい。何あれ……」

一人の女子生徒が注目を浴びていた。身につけているインナーは、信じられないほどに細やかなレース模様《もよう》があしらわれ、どことなく気品すら漂《ただよ》わせている。

しかもデザインだけではなく機能性《きのうせい》にも優《すぐ》れているようだ。

「あの子あんなに痩《や》せてたっけ？」

「胸《むね》も心なしか大きくなったような……」

「あのインナーのお陰《かげ》かしら」

女子生徒は満足そうに着替《きか》えていた。周囲の反応《はんのう》に気づかない振《ふ》りをしつつも、さり気なくよく見えるように制服《せいふく》を脱《ぬ》いでいる。

「噂《うわさ》だと、肌触《はだざわ》りも抜群《ばつぐん》なんだって。ワウが言ってたもの」

「剣士さんが作ったらしいですわよ」

「ほんとに？　私も作って欲《ほ》しいなあ」

周囲の女子生徒たちは、ひそひそと、だけど興奮《こうふん》した様子で噂し合う。

「だったら作ってもらえばいいじゃない」

横手から別の女子生徒が口を挟《はさ》んだ。なぜか得意げな顔で言った。

「ラシャラ様がこっそり注文を受けてるって話、知らないの？　私はもう申し込んじゃったわよ」

「ええっ⁉　うそ、いつの間に！」

「でもどうしてそんな目立たない方法で？」

「あまり派手《はで》なインナーは黙認《もくにん》はされているけれど、本来規則違反《いはん》でしょ」

「ああ、そうか……」

聖地はあくまで修業《しゅぎょう》の場である。外から見えないインナーにも本来規制《きせい》はかけられている。大事なことは、学園側に知られないことだ。

「あまり大々的にはやれないから、もう順番待ちが凄《すご》いって聞いたけど」

後から口を挟んできた女子生徒は、優越《ゆうえつ》感を滲《にじ》ませながら残念ねと肩《かた》を竦《すく》めた。

「そんなあ……」

「ううん、相手がラシャラ様なら……」

「そうよ。きっと手はあるわ」

交渉《こうしょう》次第《しだい》では優先《ゆうせん》してくれるかもしれない。何と言っても相手は、シトレイユ皇国《こうこく》のがめついことで有名な、あのラシャラなのだ。

＊＊＊

剣士が作ったインナーの存在《そんざい》は、生徒たちの間に瞬《また》く間に広がっていった。そして順番待ちを巡《めぐ》って、静かに争奪戦《そうだつせん》が始まっていた。

ラシャラはリスクを避《さ》けるため、聖地《せいち》が保持《ほじ》しているサイズや型紙などの採寸《さいすん》データを、採寸された本人に持ち出させることにしたのだ。

まず簡単《かんたん》に借り出すことができるデータ。そして聖地に発注した下着から予想出来るデータを合わせ、それ以外に必要な部分のデータを再《さい》採寸などの名目や職員《しょくいん》の買収《ばいしゅう》で手に入れるのだ。もちろんそれはルール違反だが、加熱する競争《きょうそう》に誰《だれ》もそんなことは気にしていない。

そして材料の糸や布地《ぬのじ》は、生徒側が用意する。

更に順番待ちの競争が過熱《かねつ》するに至《いた》って、入札制《せい》に移行《いこう》した。

「ふっふっふっ、オークションにしたのは正解《せいかい》じゃったの」

瞬く間に高騰《こうとう》したが、それでも剣士が製作《せいさく》したインナーを欲しがる者は絶《た》えず、所持することがある種のステータスとさえなっていった。

「くっくっく、製作費もタダ、材料費もタダ。まさにぼろ儲《もう》けじゃ。あーっはっはっはっ」

　ラシャラの高笑いがこだまする。

　剣士も作業に慣《な》れてきて、製作スピードはますます上がり、今では十分な睡眠《すいみん》も取ることができるようになっていた。色々とデザインに拘《こだわ》ることも楽しくなってきたし、着心地《きごこち》の向上を考えて更《さら》なる創意《そうい》工夫《くふう》も凝《こ》らしていった。その結果、女子生徒から感謝《かんしゃ》までされるのだから、そう悪い気はしない。


　そんなある日、剣士が昼休みにハンナたちと雑談《ざつだん》をしていたときだった。ついに聖地職員の間でも、華美《かび》なインナーの流行について話題に上った。

「ねえハンナ、最近、上級生の間で見慣れない下着が流行《はや》ってるらしいんだってさ。洗濯《せんたく》係がそう言ってたよ」

「地味な制服だからねえ。インナーでお洒落《しゃれ》を競《きそ》うのは昔っからのことさ」

　ハンナは微笑《ほほえ》ましそうに頷《うなず》いている。

　剣士は笑顔が引きつるのを感じた。慌《あわ》てて無表情《むひょうじょう》を取り繕《つくろ》う。

「でもブランドが不明なんだって。デザインも縫製《ほうせい》も有名ブランドの特級品と同等レベルらしいんだけど、どのデザイナーか見当がつかないんだってさ」

「へえ。洗濯係の連中でもわからないってことは、個人《こじん》ブランドなのかねぇ」

ハンナとジョジィは、どこそこのブランドがどうとかで盛《も》り上がる。

「そういえば補修《ほしゅう》課で布地の使用量が増《ふ》えてるって言ってたね」

「まさか、うちとこの誰かが作ってるってのかい？」

ハンナの一言に、ジョジィは疑《うたが》わしそうに眉《まゆ》を寄《よ》せた。

「まあ、確《たし》かにそこまでの腕《うで》がある奴《やつ》なんて、補修課の連中に心当たりはないねえ……。

そういや剣士は何か聞いてないかい？　ラシャラ様が話題にしてたとか」

ハンナが剣士に話を振《ふ》った。

「いいえ、何も。そういう話は男の俺《おれ》にはしませんって」

「それもそうさね」

「あははは」

素知《そし》らぬ顔ですっ呆《とぼ》けた剣士だったが、さすがに後ろめたい思いは拭《ぬぐ》えない。

「ちっ！　あ奴ら、そんな形で材料を調達しておったのか。せこい奴らじゃ」

「お互《たが》い様だと思いますが……」

さすがにキャイアも呆《あき》れ顔だ。

「仕方ないの。材料くらいはこちらのルートで調達するか。聖地に発覚するよりはマシじゃからの」

その夜、寮《りょう》での晩餐《ばんさん》のときに報告《ほうこく》すると、上機嫌《じょうきげん》のラシャラはあまり考える様子も見せずに、今後は寮で製作するように言った。よほど順調に儲《もう》かっているのだろう。

キャイアはもう何も口を挟《はさ》まない。逆《ぎゃく》にワウは、剣士に新しいインナーをリクエストしている。

剣士はこれでいいのだろうかと思いつつも、今夜も製作に励《はげ》むのだった。

＊＊＊

しかし発覚は呆気《あっけ》ないものだった。

聖地地下施設《しせつ》の修繕室《しゅうぜんしつ》での作業はやめて、独立《どくりつ》寮で作業するようにしたのだが、材料の調達をラシャラがケチったのが原因《げんいん》だった。

耐久性《たいきゅうせい》に問題のある素材《そざい》が用いられたために、剣士の製作したインナーが大量に補修課に回されることになったのだ。

修復《しゅうふく》時の調査《ちょうさ》で、ついに聖地が採寸したのと同じデータで作られていることが発覚、当然それらの下着は、聖地の製作リストにないものと分かったのだった。その事が聖地上《じょう》層部《そうぶ》へ報告されるに至《いた》り、あまりに派手《はで》なインナーに対し規則《きそく》違反《いはん》が適用《てきよう》される事となってしまう。

そして聖地側の生徒たちへの事情聴取《ちょうしゅ》の結果、ついに剣士が製作していたことが発覚したのだった。


ラシャラは学院長室に呼《よ》び出された。

「ミス・ラシャラ。何か言うことは？」

「剣士の奴にも、困《こま》ったものじゃ。はははは……」

「……と、いう言い訳《わけ》が通用すると本気で思っているわけではないでしょう、ミス・ラシャラ？」

学院長はニッコリと笑みを浮《う》かべる。全《すべ》ては調査済《ず》み、何を言っても通用しないことは明白だ。

「我《われ》の従者《じゅうしゃ》が、おのれの才覚を利用しただけじゃ」

「布地《ぬのじ》の不正使用、採寸《さいすん》データの不正流用がなければ、ですがね」

「ぐっ」

さすがにこれ以上の言い訳は、立場を苦しくするだけだった。

「それに手続き上の問題だけではありません。聖地《せいち》というのは、あくまで修業《しゅぎょう》の場。生徒同士で華美《かび》な下着を競うなど、もっての外です。しかし、購入《こうにゅう》した生徒たちより、彼を責《せ》めないで欲《ほ》しいとの多数の嘆願《たんがん》も出ていますので、今回は厳重《げんじゅう》注意ということで収《おさ》めることにしました」

「おおっ！　なかなかに寛大《かんだい》な。さすがは教育者じゃ」

「聖地の罰則程度《ばっそくていど》では、あなたには『カエルの面《つら》に、なんとか』でしょうから」

「いやいや、反省しておる。今後は気をつける」

「ぜひそうしていただきたいわ。ああ、それからこれを」

学院長はラシャラに分厚《ぶあつ》いデータブックを手渡《てわた》した。不思議そうに手に取り、読み始めたラシャラの顔色が変わる。

「なっ！　なんじゃこの法外な金額《きんがく》は!?」

それはラシャラに対する請求書《せいきゅうしょ》の目録だった。

「使用された材料費、これは原価《げんか》としています。それと施設使用料に不正使用されたデータの正規《せいき》買い取り料の合計です」

「こ、これではほとんど手元に残らぬではないかっ！」

ラシャラは抗議《こうぎ》の声を上げたが、学院長は黙《だま》ってラシャラを見据《みす》えたままだ。これ以上抵抗《ていこう》するようなら、全額没収《ぼっしゅう》にするとその目が言っている。

「よろしいですね、ミス・ラシャラ」

「……うう、了解《りょうかい》した」

ラシャラはがっくりとうな垂《だ》れて、そう言う。

「けっこう」

ラシャラの様子を見た学院長は満足げに頷《うなず》いた。

＊＊＊

剣士のインナーが製作《せいさく》中止となったことは、既《すで》に生徒たちの噂《うわさ》となっていた。

次の授業《じゅぎょう》は下級生の合同実技演習《じつぎえんしゅう》のため、更衣室《こういしつ》は多くの下級生でごった返している。

「残念でしたわねえ、剣士ちゃんのインナー」

「私はゲットしちゃったわよ、ほらほら。肌触《はだざわ》りもいいのよ〜。コロちゃんに抱《だ》かれているみたい〜」

「きいいいっ、はしたないですわよっ」

ピンクのブラとショーツをおおっぴろげに自慢《じまん》する女子生徒に、もう一人の女子生徒は悔《くや》しさを隠《かく》そうともしないで唇《くちびる》を噛《か》んだ。やっと落札できたというのに、その直後に不正製作が発覚してしまい、キャンセル扱《あつか》いとなってしまったのだ。

今後も正規ルートで作るという話だが、あくまで学院規則に則《のっと》った地味なデザインの物となってしまう。

「あっ、ラシャラ様よ」

「マリア様もいらっしゃったわ」

最初にラシャラが、少し遅《おく》れてマリアが更衣室に入室すると、空気が変わったかのようにざわめいた。

二人はそれぞれ王侯貴族専用《おうこうきぞくせんよう》のロッカーに移動《いどう》した。一般《いっぱん》の下級生たちと違《ちが》い、ゆったりとしたスペースが確保《かくほ》されている。といっても取り立てて仕切りがあるわけではないので、着替《きが》えの様子は他の女子生徒の目に入る。

ラシャラはあとから現《あらわ》れたマリアに気がつくと、思いっきり顔を顰《しか》めた。

マリアはラシャラの内心を知ってか知らずか澄《す》ました顔で、木製《もくせい》の重厚《じゅうこう》そうなロッカーの扉《とびら》を開けた。

ラシャラもマリアと並《なら》んで、まずはネクタイを外す。

「何やら剣士さんを扱《こ》き使って、厳重注意を受けたそうですわね、ラシャラ・アース」

「ふん、あやつらの頭が固いだけじゃ」

お互《たが》い視線《しせん》も合わせず、白々しく言葉を交《か》わす。

ラシャラは周囲から注目を浴びていることを感じながら、制服《せいふく》の裾《すそ》に手をかけた。

（……くくく、驚《おどろ》くがいい）

今日はこの日のために、剣士に作らせたとびっきり華《はな》やかなインナーを身に着けてきている。ラシャラはマリアの悔しそうな顔を想像《そうぞう》しながら、制服を脱《ぬ》ぎ捨《す》てた。

横目でマリアの姿《すがた》を確認《かくにん》する。

「あら？」

「なっ！」

ラシャラは目が点になった。

マリアも唖然《あぜん》となって固まっている。

色からデザイン、細かいレース模様《もよう》に至《いた》るまで、全《すべ》てが同じだった。違うのは色と個人《こじん》を示《しめ》す紋様《もんよう》だけだった。

そしてすぐにどういう経緯《けいい》があったのかを悟《さと》った。剣士とユキネが図《はか》ったのだ。もちろん表向きの理由は、剣士がユキネにレース編《あ》みを習ったが故《ゆえ》の偶然《ぐうぜん》、というわけだ。

ラシャラはかっと顔が熱くなるのを感じた。

マリアはやられたとばかり苦笑《くしょう》している。

「まあ、ラシャラ様とマリア様のインナー、お揃《そろ》いですわよ」

「従姉妹《いとこ》同士ですものね。可愛《かわい》らしくて素敵《すてき》ですわあ」

「仲がおよろしいこと」

周囲の声も悪意はないのだろうが、ラシャラにとっては恥《は》ずかしいことこの上なかった。

とはいえ、それを顔に出すようなまねは自身のプライドにかけてできなかった。

「ったく……」

不満を顔に出すことが躊躇《ためら》われるくらい、そのインナーの出来は素晴《すば》らしかった。

＊＊＊

「剣士っ！　ようもやってくれたな」

寮《りょう》に戻《もど》ってきた剣士は、いきなりそう怒鳴《どな》られて迎《むか》えられた。

だが言葉ほどラシャラが怒《おこ》っていないことが分かり、ホッと胸《むね》を撫《な》で下ろす。

「ユキネさんが編《あ》み方を教える代わりに、マリア様にも一揃え誂《あつら》えてほしいって言うから、作ったんですけど」

　キャイアとワウは、澄ました顔で知らん振《ぶ》りを決め込んでいる。剣士が帰ってくるまで、ラシャラの愚痴《ぐち》を聞かされていたのだろう。

「ならなぜマリアのと一緒《いっしょ》なのじゃ」

　ラシャラは剣士の首輪を摑《つか》んで、ガクンガクンと前後に揺《ゆ》すり立てる。

「だ、だって差をつけたら、また揉《も》めるじゃないですか〜」

「だからといって、全く同じにすることはないじゃろうが！」

「色と名前の紋様は別です」

「ゲームの間違《まちが》い探《さが》しか！　まったくお主は、乙女心《おとめごころ》というものをわかっておらぬ」

「乙女心〜？」

　乙女心というには、不純物《ふじゅんぶつ》が混《ま》じりすぎているような気がする。もっとも気まぐれという意味なら正解《せいかい》だ。

「ええい！　お主、今晩《こんばん》の飯は抜《ぬ》きじゃっ」

「ラシャラ様、それは剣士には効《き》きませんって」

　キャイアが背後《はいご》から突《つ》っ込《こ》んだ。

「外で拾い食い出来るもんね」

「むう〜〜〜〜。なら今晩中にもう一セット、新たなインナーを作るのじゃ！　今度、なんぞ企《たくら》んだら許《ゆる》さぬぞっ！」

「またですか⁉」

剣士は不満げに言ったが、以前ほど作ることに苦労は感じない。とりあえずラシャラなりの決着をつけたいだけなのだと気付く。

「やかましい！　とっとと行け！」

「は——い」

剣士はラシャラの怒号《どごう》を背中で聞きながら、ようやくこの騒動《そうどう》から解放《かいほう》されると、胸《むね》を撫《な》で下ろすのであった。

Interlude

聖地《せいち》の地下施設《しせつ》の更《さら》に下、大深度地下にその空間はあった。ここへは大型結界炉《ろ》のそばを越《こ》えてくる必要がある。そのため、亜法《あほう》に対する耐久持続力《たいきゅうじぞくりょく》の低い者は、到達《とうたつ》することすらできない。

この老人たちにとって、秘密基地《ひみつきち》とか隠《かく》れ家といった格好《かっこう》の遊び場所だった。

今は薄暗《うすぐら》い部屋の中央に、三次元投影《とうえい》モニターからのホログラフが浮《う》かび上がっている。

「まったく、この少年は乙女心がわかっておらんっ」

小太りの老人は、憤慨《ふんがい》しながらも下品に笑うという器用なことをしていた。

「ほっほっほっ、自分ならわかるという口振《くちぶ》りだのう」

「もちろんじゃ。わしほど若《わか》い乙女のことを理解《りかい》している者はおらんぞ」

背《せ》の高い老人の突っ込みに、小太りの老人は自信たっぷりに断言《だんげん》した。

「スケベ心も虚仮《こけ》の一念ですかな」

白髪《はくはつ》の老人はにこにこと楽しそうにしている。

「聡明《そうめい》で気が強い娘《むすめ》を手懐《てなず》けるのも男の甲斐性《かいしょう》じゃよ。あのお姫《ひめ》様の魅力《みりょく》がわからんとは、少年もまだまだじゃな」

「あの少年の歳《とし》で、それが分かるのも問題があると思うがの。できればあの少年が一生、お前さんの悪趣味《あくしゅみ》を理解しないことを望むよ」

「ぬかせ！　ではお前さんはどれが好みなのじゃ？」

「ん？　そうだなあ、二十年後という条件《じょうけん》付きでじゃが……あの護衛機師《ごえいきし》の娘が好みかのう。真面目《まじめ》で不器用で、素直《すなお》になれないところなんか、いじらしいではないか」

背の高い老人はモニターを切り替《か》えて、赤毛の少女を映《うつ》し出した。

「カカカッ！　その年増《としま》好み、お前さんも人のことは言えんのう」

「私はダークエルフの姫君がいいですねえ」

「お主は昔から、ああいうお姉さま系《けい》が好みじゃったのう」

今度は浅黒《あさぐろ》い肌《はだ》をした女性《じょせい》が映された。耳が尖《とが》っているのはダークエルフの特徴《とくちょう》だ。

「願わくば、あの少年の歳頃《ごろ》に戻《もど》って、抱《だ》き締《し》めてもらいたいものですよ」

「グハハハハ！　お主もまだまだ枯《か》れてはおらぬのお」

小太りの老人は、白髪の老人の背中をバンバンと叩《たた》いて豪快《ごうかい》に笑った。

「まあそれも、もうしばらくの辛抱《しんぼう》だ。いずれエネルギーが満ちればそれも叶《かな》う」

背の高い老人は三次元投影モニターに映る少年から目を離《はな》すと、装置《そうち》のエネルギー充填《じゅうてん》度合いを確認《かくにん》した。

「お楽しみはこれからじゃ」

第三話

§1

女子生徒は恐《おそ》る恐る夜の校舎《こうしゃ》を歩いていた。何度も背後《はいご》を振《ふ》り返ってしまう。人気《ひとけ》のない夜の校舎ほど不気味なものはない。昼間の喧騒《けんそう》が嘘《うそ》のように静まり返り、いつもとは全く違《ちが》う顔を見せるからだ。

「何で置いてきちゃったんだろ……」

あれだけ気をつけていたというのに、教室にあれを忘《わす》れるなど、普段《ふだん》の彼女なら絶対《ぜったい》にしないことだった。

「あった！」

女子生徒は自分の机《つくえ》の中に目的の物を見つけると、ほっと安堵《あんど》の吐息《といき》を漏《も》らした。彼女が胸《むね》にしっかりと抱《かか》えているのは日記だった。

普通の忘れ物なら職員《しょくいん》を呼《よ》び出し、取って来させればいい。だがプライベートな事柄《ことがら》を書き込んでいる日記はそうはいかない。特権《とっけん》階級者が集《つど》う聖地《せいち》の職員は、かなり高度な教育や訓練を受けていて、生徒の日記を盗《ぬす》み読むことなどしないが、それでも万が一ということもある。ましてや職員不足で新人が多く入ってくるこの時期は尚更《なおさら》だ。

しんと静まり返る教室は、どこか余所余所《よそよそ》しくて、あまり長居《ながい》したい場所ではなかった。

女子生徒は明かりを消すと、すぐに教室を出た。

誰《だれ》もいない廊下《ろうか》をただ歩いていく。いつもよりも長く感じるのは気のせいだろうか。一《いっ》刻《こく》も早く立ち去りたくて、自然と早足になる。

——ヒタヒタヒタ

最初は空耳だと思った。次第《しだい》にその音が大きくなっていっても、彼女は認《みと》めようとはしなかった。意図的に考えないようにしていた。それでも限度《げんど》を超《こ》えれば、否応《いやおう》なく意識《いしき》せざるを得なくなる。

彼女は息を呑《の》んで立ち止まった。

——ヒタヒタ

彼女に数歩遅《おく》れて、その気配も立ち止まったような気がした。

こういうとき、決して振り返ってはいけないものだ。振り返ったが最後、恐ろしい目に遭《あ》うのが怪談《かいだん》の定番だからだ。

だから彼女は泣きそうになりながら、必死に走り出した。

――パタパタパタパタッ
今度はあからさまだった。得体の知れない足音も、彼女を追いかけるようにして走り出す。

廊下の曲がり角に差しかかった。それは好奇心などではなく、安全を確《たし》かめるための防《ぼう》衛本能《えいほんのう》だった。角を曲がる一瞬《いっしゅん》、横を向いて今しがた走ってきた廊下を見渡《みわた》した。

何もいない。

「はあっ、はあっ、はあっ……気のせいっ？」

彼女はその場に足を止めて息を整えた。追ってくるような足音は何も聞こえなかった。おかしな気配も感じない。どれくらいその場で耳を澄《す》ませていただろうか。変化は何も訪《おとず》れなかった。

呼吸《こきゅう》は落ち着き、心臓《しんぞう》の鼓動《こどう》も平常時《へいじょうじ》に近くなる。そこでようやく気が抜《ぬ》けた。すると笑いが込み上げてきた。極度の恐怖《きょうふ》から解放《かいほう》された瞬間、笑わずにはいられなかった。

「あ……ははははは」

――ヒタ……ヒタ……

「ひいいいっ」

一瞬にして背筋《せすじ》が凍《こお》る。

曲がり角で立ち竦《すく》んだまま、彼女は一歩も動けない。両側に伸《の》びる通路の先には、いかにもな白っぽいものが揺《ゆ》れ動いている。

だが彼女が本当の意味で恐怖を抱《いだ》いていたのは、壁《かべ》を背にしているのに、その背後から足音が聞こえてくることだった。

絶対《ぜったい》にありえないその気配に、極限《きょくげん》にまで恐怖心が募《つの》る。決して振り向いてはいけない。振り向いたが最後、得体の知れない世界へ引きずり込まれる予感がする。ガクガクと足が震《ふる》え、勝手に涙《なみだ》が零《こぼ》れ出す。

それなのに、ぞっとするような冷たい何かが、ぞろりと彼女の首筋《くびすじ》から頬《ほお》にかけて撫《な》で上げた瞬間、反射《はんしゃ》的に振り向いてしまった。

目の前にあるのは何もない壁――。

「きゃあああああああああ」

女子生徒はけたたましい悲鳴を上げた。その直後、金縛《かなしば》りが解《と》けたかのように勝手に足が動き出す。あとは死に物狂《ものぐる》いで走り出すだけだった。曲がり角のそばにある階段《かいだん》を、転げ落ちるようにして駆《か》け下りていく。

「………行った？」

哀《あわ》れな女子生徒が先程《さきほど》まで背にしていた壁の、その向こうにある部屋から小柄《こがら》な女子生徒は天井《てんじょう》に向かって言う。

「脇目《わきめ》も振らずに、ね」

天井に浮《う》いていた、白っぽい布《ぬの》を被《かぶ》った大柄な女子生徒が降《お》りて来る。

「うふふふ、大成功ね。これで今年も噂《うわさ》が広がるわよ」

二人の女子生徒は、ハイタッチで成功を称《たた》え合う。

「それにしても、ワウさんに相談したのは正解だったわね」

大柄の女子生徒は空中浮遊《ふゆう》のできる小型結界炉《ろ》を、小柄の女子生徒は壁を振動《しんどう》させ、任《にん》意《い》の位置に音を発生させる機械を持っている。

「手の熱との温度差でエネルギーを発生させる……だっけ？」

大柄の女子生徒は、手にしたパイナップルと呼《よ》ばれる形状《けいじょう》の手榴弾《てりゅうだん》に似《に》た物を見ながら言う。それはワウの開発している蒸気《じょうき》動力を応用したエネルギー発生装置《そうち》だった。

「だったと思うけど……難《むずか》しくてよく分からないわ。でも短い時間でも、エナの喫水《きっすい》外にある学院でも機械が使えるんだから、たいしたものよね」

この二人の女子生徒は、生徒会が毎年主催《しゅさい》する肝試《きもだめ》し大会の実行委員だった。そして事前に大会を盛《も》り上げるために、こういった仕込《しこ》みを施《ほどこ》しているのだ。

実は今の出来事も仕組まれたことだった。脅《おど》かされた新入生の彼女は、ちゃんと日記を鞄《かばん》に入れたのだが、実行委員の生徒たちが彼女の隙《すき》を見て、鞄から机の中に移《うつ》しておいたのだ。もちろん日記の中身を見るようなことはしない。

「あの子の話なら絶対、皆《みな》も信じるわよね」

わざわざ普段《ふだん》から冗談《じょうだん》や嘘《うそ》を言わない真面目《まじめ》な生徒を選んだのだ。彼女が話す体験談ならば、信憑性《しんぴょうせい》も高まるというものだ。

「それにしても凄《すご》い驚《おどろ》きっぷりだったよね」

小柄な方の女子生徒は、新入生の怖《こわ》がり方がよほどおかしかったのか、思い出してくすくすと笑っている。

だがもう一方の大柄な女子生徒は、何かに気がついたのか、急に引き攣《つ》ったような顔をしてどこか一点を見つめている。

「どうしたの？　怖い顔して」

「あ、あれ……」

大柄の女子生徒は背後《はいご》を指さす。

「……えっ？」

振り向いた小柄な女子生徒の背後には壁があるだけで何もない。

「壁があるだけ……えっ⁉」

小柄の女子生徒は思わず目を擦《こす》る。一瞬《いっしゅん》、その壁の模様《もよう》が動いたような気がしたからだ。

――フフフ
それはまるで笑い声のようだった。

脅かし役の女子生徒二人は、互《たが》いに顔を見合わせ後退《あとずさ》りを始めた。校舎《こうしゃ》は静寂《せいじゃく》に包まれており、物音は何もしない。外も無風で木々のざわめきすらない。

「コロちゃんじゃない？　時々、校舎に入り込んでくるでしょ？」

「そ、そうね。きっとそうだわ」

自分たちが脅かすという優位性《ゆういせい》ですっかり忘《わす》れていたが、彼女たちも夜の校舎に不気味さを感じているのだ。冷気が背筋《せすじ》を這《は》うような感覚とともに、二人の腕《うで》に鳥肌《とりはだ》がぼこぼこに立ち始める。

女子生徒二人は、お互いに気のせいだよねと、目で言い合っている。乾《かわ》いた笑い声は、喉《のど》の奥《おく》に張《は》りついて上手《うま》く出てこない。そして彼女たちが再《ふたた》び壁の方を見た時だった。

グニュリ。壁の模様が揺れ、それは人の顔をとったのだ。

＊＊＊

「きゃあああああああああ」

断末魔《だんまつま》のような女の叫《さけ》び声が、夜の通学路に陰気《いんき》に響《ひび》き渡《わた》った。

「何だ!?」

剣士《けんし》はじっと耳を澄《す》ませた。声の残響《ざんきょう》から方角を聞き分ける。恐《おそ》らく下級生の校舎からだと見当をつけた。

だが走り出そうとしたその瞬間、一緒《いっしょ》に歩いていたキャイアが、剣士の首輪を掴《つか》んで引き止めた。

「痛《いた》い、痛いよキャイアー」

「放っておいていいのよ」

キャイアはうんざりした様子で首を振《ふ》った。湯上りの濡《ぬ》れた髪《かみ》が色っぽい。

剣士たちは移動船《いどうせん》スワンの大浴場で一日の疲《つか》れを癒《いや》して、独立寮《どくりつりょう》に戻《もど》る途中《とちゅう》だった。寮の風呂《ふろ》ではなく、こうしてたまにスワンの大浴場を利用している。

ラシャラは風邪《かぜ》気味だということで、夜道を出歩くのはマーヤに止められてしまい、今は珍《めずら》しく剣士、キャイア、ワウの三人だけだった。

「はあああ、またこの季節が巡《めぐ》ってきたわね……」

キャイアは憂鬱《ゆううつ》そうに溜《た》め息を漏《も》らした。

「やっぱりこれがないと、夏は盛《も》り上がらないよねー」

間接的《かんせつてき》に関《かか》わっているワウは嬉《うれ》しそうにしている。

剣士は事情《じじょう》がわからないので、怪訝《けげん》な顔をしたままだ。悲鳴を放置しておいていいのか、やはり気にかかる。

「いいのいいの。ほら、特に警報《けいほう》も鳴らないでしょ。いつもの仕込みなんだから」

「仕込み？」

ワウの言っていることはやはり理解《りかい》できない。

「毎年、生徒会が主催《しゅさい》する肝試《きもだめ》し大会のね」

「肝試し？」

どうやら、その肝試し大会とやらを盛り上げるために、生徒会が事前に様々な怪談話《かいだんばなし》を流して、生徒たちの恐怖心《きょうふしん》を煽《あお》るのだそうだ。

「なんたって舞台《ぶたい》が最高だもんね。ただでさえ学校ってのは怪談の宝庫《ほうこ》なのに、聖地《せいち》の学院施設《しせつ》はいろいろと曰《いわ》く付きだからねぇ」

「曰く？」

「ここって大陸《たいりく》中から聖機師《せいきし》候補《こうほ》が集まるでしょ？　たとえ国同士が戦争をしていても、ここに来なきゃ正式な聖機師として認《みと》められない。正式に認められなきゃ他国の男性《だんせい》聖機師との結婚《けっこん》もできないし、配給《はいきゅう》される聖機人の数に影響《えいきょう》することもある」

「だから？」

不思議そうな剣士に、キャイアは大きくため息を吐《つ》き、

「国同士のいざこざが、ここにも影響するのよ。表向きは友好的に振《ふ》る舞《ま》っていても、陰《かげ》ではいろいろとね」

「事故《じこ》や自殺……けっこうな数の娘《むすめ》たちがここで亡《な》くなっているの。まあそれ以外にも、ここは学院になる以前から怪《あや》しげな研究やら何やらしていた魔窟《まくつ》だから」

ワウはそう言いつつも、やはりどこか楽しそうだ。

「新入生なんかは慣《な》れてないでしょ。中には本気で怖《こわ》がって、夜にトイレにも行けなくなる子もいるのよ。まったくどこが歓迎会《かんげいかい》なのやら」

「確《たし》かに学院生活に慣れてきた、こなまいきな新入生に、改めて上下関係を厳《きび》しくわからせる、みたいな側面もあるわよねー。私なんか、特に標的にされてたもん。にゃははは」

「ワウの悪い噂《うわさ》は肝試しの後でひろがったものね」

「ふうん……」

ワウが肝試しの時にどういうことをしたか予想がついた剣士は、それ以上尋《たず》ねるのは止《や》めた。が、ふと隣《となり》を歩くキャイアを見ると、相変わらず表情は曇《くも》ったままで、さっきからしきりに周囲を窺《うかが》っている。

「……まさかとは思うけど、キャイア、怖《こわ》がってる？」

「そ、そんなわけないでしょっ！」

「そうだよねー」

　剣士の気のせいだったようだ。

　キャイアは大股《おおまた》でずんずんと歩いていく。

「ねえ、肝試しってどんなことするの？」

　剣士は先を歩くキャイアの後ろ姿《すがた》を見ながら、ワウに聞いてみた。

「毎年、ペアを作って地下施設《しせつ》の奥《おく》を探索《たんさく》して戻《もど》ってくるパターンなんだけど、今年も多分それでしょうねー」

「ペアかあ。やっぱりそれが定番だよなあ」

　もともと肝試しは男女が仲良くするためのイベントと言ってもいい。恐怖体験を共有すると、それまで以上に親密《しんみつ》となる場合が多い。俗《ぞく》に言う吊《つ》り橋効果《こうか》だ。

「想いを寄《よ》せてるあの人と一緒《いっしょ》に回りたい〜、暗闇《くらやみ》で彼に抱《だ》きついちゃえ〜みたいな……

ねっ、キャイアー」

「な、何言ってんのよっ！」

ワウがからかうように言うと、キャイアは立ち止まって振り向いた。月明かりに照らされたその顔は、微妙《びみよう》に赤く染《そ》まっている。

それで剣士も鈍《にぶ》いながらようやく悟《さと》った。

「あーそっかー、キャイアはダグ……」

「やかましいっ！」

剣士が言い終わらないうちにキャイアの拳《こぶし》が飛んできた。

キャイアはダグマイア・メストという幼馴染《おさななじみ》の男性聖機師に、淡《あわ》い想《おも》いを寄せているらしい。ダグマイアは、シトレイユ皇国《こうこく》の実権《じつけん》を握《にぎ》っているババルン卿《きよう》の息子《むすこ》でもある。

もっとも相手は男性聖機師であるので、自由な恋愛《れんあい》は認《みと》められていない。決して実らない恋《こい》とも言える。

「うっしっしー、剣士はもう少し乙女心《おとめごころ》を勉強しなくちゃダメなんだから」

「乙女心ぉ……？」

ワウにだけは言われたくない気がするが、さすがにそれは口にしない。

「今年もペアは自由みたい。男女のペアはもちろん、同性《どうせい》同士でもいいし、相手は生徒じゃなくても構《かま》わないの。教師でもいいし、職員《しょくいん》でもいいしね。人気がある人なんかは、何度も付き合わされるみたいよ。メザイア先生なんて、毎年引っ張《ぱ》りだこだもん」

「へえー」

なかなか面白《おもしろ》そうなイベントだった。

するとキャイアは、剣士の鼻先に指を突《つ》きつけて、ぐっと顔を寄せてきた。

「へえって、他人事《ひとごと》じゃないわよ。あんたはただでさえラシャラ様の従者《じゅうしゃ》として目立つ立場にあるの。マッサージの件《けん》やこの前のインナー事件もあったから、間違《まちが》いなく希望者が殺到《さっとう》するわよ」

「ええっ？」

思わず横目でワウに確認《かくにん》する。

「誰《だれ》か希望があるなら早いうちに申し込んでおかないと、生徒会に殺人スケジュール、組まされちゃうわよー」

ワウもキャイアと同意見だと言う。

剣士は自分は無関係と気楽に考えていたが、どうやら対岸の火事、高みの見物では済《す》まないらしい。

「まあ、そんなわけで、楽しみにしてる生徒が多いのも事実なわけなのよー」

「でもねえ、やっぱりやりすぎだと思うのよね」

キャイアは再《ふたた》び表情《ひょうじょう》を曇《くも》らせて、憂鬱《ゆううつ》そうに周囲を窺《うかが》った。ときおり遠くから聞こえてくる獣《けもの》の遠吠《とおぼ》えに、びくりと身体《からだ》を震《ふる》わせている。

「もしかして、やっぱり怖がってない？」

「ないっ！」

キャイアはムキになって言い返した。

それ以上突《つ》っ込《こ》むと面倒《めんどう》事になりそうなので、剣士はそれ以上何も言わない。

「リチア様が生徒会長になってから、結構《けっこう》、手が込んできたのよねぇ。まあその分、以前よりも盛《も》り上がるようになったんだけどさ」

「大体、各生徒の怖がっているものを事前にリサーチして、それを使って脅《おど》かすなんて悪《あく》趣味《しゅみ》すぎるわよ。去年なんて失神者が続出したくらいだし」

「昔の記録や文献《ぶんけん》を集めて、効果《こうか》的な脅かし方を研究しているって話だからね」

「うわー、そこまでするんだ……」

あの真面目《まじめ》なリチアなら、確《たし》かにそこまでするかもしれない。「やるからには徹底《てってい》的に」を地で行ったのだろう。

「あんたも苦手なものがあるなら、覚悟《かくご》してなさい。リチア様はあなたのことを、快《こころよ》く思っていないみたいだからね」

（……俺はキャイアが一番怖《こわ》いんだけど）

「ふうん、どうやら死にたいみたいね……」

どうやら何を考えているか顔に出ていたようだ。キャイアは拳を握ったまま、わなわなと怒《いか》りを堪《こら》えている。

「じゃあワウは誰と回るつもりなの？」

剣士はキャイアから距離《きょり》を置き、ワウを盾《たて》にするように隣《となり》へ回り込む。

「去年は工房《こうぼう》のお爺《じい》ちゃんたちと回ったけど、今年はどうしようかなあ」

「好きな人と一緒《いっしょ》に回れば？」

キャイアは先ほどの仕返しとばかりに言った。

「う〜〜〜ん……さすがにもう機工人は持ち込めないだろうし……」

「いや……そういう意味じゃないんだけど」

真面目に言うワウに、キャイアは呆《あき》れたように呟く。

「やっぱり」

去年ワウが何をしたか確認《かくにん》出来た剣士は満足げに頷《うなず》いた。

「じゃあワウ、俺《おれ》と一緒に回ろっか」

「なあに？　お姉さんの魅力《みりょく》に今頃《いまごろ》気がついたかな？」

ワウは片目《かため》を瞑《つぶ》って悪戯《いたずら》っぽい表情になると、手を腰《こし》に当ててくねくねとポーズを取っている。

「ははっ」

剣士は苦笑《くしょう》を漏《も》らした。ワウが口にするにはあまりに違和《いわ》感のある言葉だ。もっともワウも普段《ふだん》の言動がなければ、美人だし結構《けっこう》グラマラスだ。

「失礼ねー。でもまっ、それも気楽でいいか。職人のお爺《じい》ちゃんたちは今年は勘弁《かんべん》してくれって言ってるし……。でもそういう剣士は誰かいないの？」

「俺？」

特別に一緒に回りたい相手など誰かいただろうか？　ジッと考える剣士の表情を見たワウは何やら嬉《うれ》しそうに迫《せま》った。

「おやおやあ？　誰かお目当てでもいるの？」

「えっと……」

いきなりワウに突《つ》っ込まれて、剣士は口籠《くちごも》った。

ワウはにんまりと怪《あや》しげな表情を浮《う》かべると、びしっと剣士に指を差《さ》した。

「にゃははは、ずばりユキネさんでしょ」

「なっ」

ユキネは聖地《せいち》で出会った中でも、特に雰囲気《ふんいき》のある美女だ。以前、ある失敗をした時に優《やさ》しく慰《なぐさ》められた時のことを思い出し、剣士は反射的《はんしゃ》に顔が熱くなる。

「ふうん、へえ……」

「そうなんだー」

キャイアとワウは揃《そろ》って意地の悪い笑《え》みを浮かべた。こういう時の女性《じょせい》はタチが悪いことを経験《けいけん》で知っている剣士は、早足で逃《に》げるように寮《りょう》に向かう。

「あ、こらっ、剣士、待ちなさいっ」

キャイアの声が、夜の通学路に響《ひび》き渡《わた》る。

そうこうしているうちに、独立《どくりつ》寮に着いていた。せっかく汗《あせ》を流してスッキリしたのに、また汗をかく羽目になってしまった。

「遅《おそ》かったの」

玄関《げんかん》ではラシャラが憮然《ぶぜん》とした表情で出迎《でむか》えた。

「もしかして、待っていたんですか？」

「ふんっ、我《われ》だけ除《の》け者にして楽しそうじゃの。ここにいてもお主らの話し声が聞こえてきたぞ」

「そんなことないですって」

ギロリと睨《にら》みつけるラシャラに、剣士は慌《あわ》てて首を振《ふ》った。

「肝試《きもだめ》しの話をしてたんです」

「ほう……噂《うわさ》のあれか」

ラシャラも聞いて知っているようだ。

「ラシャラ様は誰と回るんですか？」

「もちろん私がお供《とも》します」

剣士が聞くと、すかさずキャイアが手を上げたが、ラシャラは首を振った。

「キャイアは他に回りたい者がおるであろう。我は剣士と回るが故《ゆえ》、好きな相手と一緒に行くがよい」

「じゃあキャイアはダグ……」

「だから黙《だま》ってなさいって言ったでしょっ」

言い終わる前に、問答無用で蹴《け》りが入る。キャイアの攻撃《こうげき》を避《よ》けることは簡単《かんたん》だが、それでは後がもっと怖《こわ》い。とりあえず威力《いりょく》を殺しつつ、キャイアの蹴りを受けた。

生徒会主催《しゅさい》の大イベント。何やら大変そうなことになりそうだった。

§2

「剣士ちゃん、待ってー」

「はあ、はあ、はあ、どっちに行った？」

少年が駆《か》け抜《ぬ》けたあとを、二人の女子生徒が息を切らせながら追っていた。少年は恐《おそ》ろしく足が速くて、追いかけても追いかけてもすぐに見失ってしまう。

女子生徒たちはきょろきょろと少年の姿《すがた》を捜《さが》した。騒《さわ》ぎは通りの向こうから聞こえてくる。

「あっちね」

「い、行くわよ。何としても剣士ちゃんに一緒《いっしょ》になってもらわないと……」

そこにはどこか悲壮《ひそう》感にも似《に》た決意のようなものが感じられた。追っているのに追われているかのような切羽詰《せっぱつ》まった感がある。

「どうなってるのかしら……」

生徒会長のリチアは、女子生徒たちが剣士を追いかけていく姿を、生徒会室の窓《まど》から見下ろしている。

もともと聖地《せいち》は、大崩壊《ほうかい》時代以前の遺跡《いせき》の上に発展《はってん》してきた場所でもあるため、怪談《かいだん》の類《たぐい》には事欠かないという下地はあったが、噂話は今では様々な尾《お》ひれがついて、実《まこと》しやかに語られていた。

曰《いわ》く、夜の校舎《こうしゃ》に化け物が潜《ひそ》んでいる

曰く、その化け物は、背後《はいご》からヒタヒタと忍《しの》び寄《よ》って襲《おそ》いかかる

曰く、捕《つか》まったが最後、聖地の地下深くに埋《う》まっている遺跡に引き摺《ず》り込まれる

曰く、旧《きゅう》遺跡に連れ去られると、そこで化け物に食われる

曰く、その化け物は、最初は醜《みにく》い老人の姿をしている

曰く、男は襲われない。狙《ねら》われるのは女子生徒だけである

数え上げたらキリがないのだが、主だった噂だけでもざっとこれくらいあった。

こうしてみるとわかるように、今年の噂には一定の傾向《けいこう》があり、キーワードは「化け物」であった。

生徒会が仕掛《しか》けた仕込みは、化け物などではなく白いドレスを着た幽霊《ゆうれい》という設定《せってい》だったはずなのだが、変化した原因《げんいん》は誰にもわからない。しかも予想以上の噂の広まりに当惑《とうわく》していた。

目撃《もくげき》場所も、実行委員が仕込みを行った下級生の校舎《こうしゃ》だけでなく、学院全体に分布《ぶんぷ》しているという異常《いじょう》さだった。

リチア自身もその辺りは腑《ふ》に落ちないと感じていたが、生徒会の仕掛けをきっかけに噴《ふん》出《しゅつ》したものだろうと、無理やり納得《なっとく》することにした。もともといろいろな噂の多い場所だったのは確《たし》かだからだ。

そんなわけで今年も肝試《きもだめ》し大会の直前は、学院全体が異様な雰囲気《ふんいき》に包まれ、ある者はこの雰囲気を楽しみ、ある者は心から恐怖し、ある者は無関心な振りをしてやり過《す》ごすのだった。

＊＊＊

生徒会実行委員がペア登録の受付を開始すると、ワウが予測《よそく》した通り、剣士のもとには希望者が殺到《さっとう》した。

やはりこういう肝試しのペアは、一般《いっぱん》的なイメージとしては男性《だんせい》の方が安心感がある。もともと原始の時代から、外に出て狩《か》りをし、危険《きけん》な目に遭うことの多い男性は、一度遭《そう》遇《ぐう》した恐怖感に耐性《たいせい》を持つ傾向《けいこう》が高い。例年以上に怖《こわ》いという噂のある肝試し大会に、男子生徒や男性職員《しょくいん》は大人気であった。線の細い物静かなユライトですら、早々に予定が埋《う》まったらしい。

「ほっ、ほっ、ほっ、ほっ」

剣士は軽快《けいかい》に通学路を駆け抜けていた。追ってくる足音はない。この学園で下働きを始めてからというもの、こうして追われるのは何度目のことだろうか。

最近では慣《な》れてしまって、相手もあまりしつこくは追ってこなくなったのだが、今回は多少事情《じじょう》が違《ちが》うようだ。

剣士が校舎の陰《かげ》で女子生徒たちをやり過ごしていると、すぐそばの窓が開いて声をかけられた。

「大変そうだな」

「あっアウラ様。こんにちは」

ダークエルフでシュリフォン王国王女のアウラだった。誇《ほこ》り高いわりに温厚《おんこう》な性格《せいかく》で、何かと剣士のことを気にかけてくれている。

「とはいえ、剣士が追われるのも無理はない」

剣士のサバイバル能力《のうりょく》は傑出《けっしゅつ》している。それがどれほどのものか、アウラはよく知っている。女生徒たちもそれを感じているのだろう。

「アウラ様は誰《だれ》と回るんですか？」

「私か？　私はリチアの手伝いだ。裏方《うらかた》で脅《おど》かす役をやる」

アウラは生徒会の実行委員であるらしい。

「たまには参加してみたい気もあるのだが……」

アウラはジッと剣士を見る。自分が参加者側になったとすれば、間違いなく真っ先に剣士の所へ行くだろう。その能力と資質《ししつ》から、守る側になってしまいがちなアウラにとって、守られる側に立つのはちょっとした憧《あこが》れだ。

「本当に申し訳《わけ》ないな。だが例年以上に噂《うわさ》が広まってしまって、私らも当惑してるんだ」

「そうなんですか？」

今年が肝試し初体験の剣士には、そう言われてもピンと来ない。

「校内の雰囲気も重苦しくてな……じつはどうも生徒会とは別の何かが動いているような気がするんだ……」

「うーん、あんまり変わらないように思いますけど」

校内にいても、特に何かを感じたことはない。もっともそれは剣士だからだろうか。

「そうか、ならいい。変なことを言って済《す》まなかったな」

アウラはにっこりと微笑《ほほえ》んだ。

「あっ、いたーっ、剣士ちゃん、あそこっ」

甲高《かんだか》い声が響《ひび》き渡《わた》る。その声を合図にして、幾人《いくにん》もの女子生徒が集まってきた。

そろそろ場所を移動《いどう》しなければならない。

「呼び止めて悪かったな」

「じゃあ、アウラ様。お疲《つか》れ様ですー」

剣士はアウラに手を振りながら、再《ふたた》び女子生徒から逃《のが》れるために走り出した。


結局、女子生徒同士で揉《も》めに揉めたこともあって、剣士とのペアは、希望者多数のために抽選《ちゅうせん》ということになった。

肝試し当日の全《すべ》ての時間が生徒会によって、売れっ子芸能人《げいのうじん》のスケジュールの如《ごと》く、びっしりと隙間《すきま》無く埋《う》められたのであった。

§3

肝試し大会は明後日《あさって》に迫《せま》っていた。

キャイアは独立寮《どくりつりょう》の窓《まど》から夜空を見上げた。どんよりと曇《くも》っていて、星は一つも見当たらない。

しかしキャイアはいまだに誰と一緒《いっしょ》に見て回るか、決めていなかった。本音を言えば、幼馴染《おさななじみ》のダグマイアと一緒に回りたい。だけど二人の関係は微妙《びみょう》なものだった。

幼い頃《ころ》はあんなに仲がよかったのに、いつしか二人の間には溝《みぞ》のようなものができ上がっていた。それには色々な原因《げんいん》があったのだと思う。

第一に彼はババルン卿《きょう》の息子《むすこ》であり、キャイアはラシャラの従者《じゅうしゃ》という立場の違いがあった。今のところラシャラとババルン卿が表立って対立することはなかったが、それも時間の問題だった。恐《おそ》らくラシャラが聖地《せいち》学院を卒業し、国に戻《もど》った時が、対立に決着をつける時だろう。最悪の場合、ラシャラの護衛機師《ごえいきし》としてダグマイアと敵味方《てきみかた》に分かれて争うこととなるだろうと、覚悟《かくご》はしていた。

だが決定的なのは、ダグマイアが男性《だんせい》聖機師であることだ。数少ない男性聖機師は、次代の聖機師を生ませる貴重《きちょう》な存在《そんざい》だ。恋愛《れんあい》の自由も婚姻《こんいん》の自由もない。お互《たが》いに聖機師であるキャイアとダグマイアの接点《せってん》があるとすれば、次代を生むための結婚《けっこん》ただ一つ。その決まり事が二人の、いや、キャイアの精神《せいしん》的な結びつきを弱め、積極性を奪《うば》ったのだ。

聖機師の中には、ずっと想《おも》いを育て続け、男性聖機師が老人となり退役《たいえき》した後に夫婦《ふうふ》となる者もいる。だがそれには強い想いと忍耐《にんたい》が必要だ。幼馴染という、二人でいることが当たり前の、覚悟《かくご》というものを持たない、ぬるま湯な環境《かんきょう》もキャイアにとって不幸だったのかもしれない。

キャイアも最近ようやく気付き始めたが、ダグマイアは強い女性が嫌《きら》いだった。男性が保護《ほご》されるという聖機師の世界での常識《じょうしき》は、一般人《いっぱんじん》の世界では逆転《ぎゃくてん》する。戦いの場に出る聖機師は女性だが、一般兵士はほとんどが男性だ。
ダグマイアは貴重《きちょう》な男性聖機師であるが故《ゆえ》に、その能力《のうりょく》を発揮《はっき》する場は与《あた》えられない。決して怪我《けが》などしないように、常《つね》に過剰《かじょう》に保護される。どんなに優秀《ゆうしゅう》であろうとも、それを発揮する場がない。そして聖機師としても戦士としてもダグマイアよりキャイアの方が優秀なのだ。
もっと小器用に振舞《ふるま》えば、可愛《かわい》い女を演《えん》じられれば良かったのかもしれない。だが不器用なキャイアは、真っ直《す》ぐにぶつかっていくしか方法を知らず、ラシャラの護衛機師として強くなければならないという気持ちと、戦士としての有り余《あま》る才能がダグマイアとの間に、さらなる力量の差を生み出しているのだった。
ダグマイアが自分に対してコンプレックスを抱《いだ》いているであろうことは、キャイアもある程度《ていど》、想像《そうぞう》していた。だがそれはダグマイアにとってキャイアの予想以上のものだったのだ。
——男性聖機師に恋愛感情《かんじょう》なんて持っても無意味
——立場が違《ちが》うのだから仕方がない
最近ではそんなふうに自分に言い聞かせているうちに、キャイアは自分の恋心《こいごころ》にすら自信がもてなくなってしまっていた。

「はあ……」

今日一日で溜《た》め息をついたのは、もう何度目だろう。つくたびに重くなっていく気がする。窓ガラスに映《うつ》る顔は、いつもの自信に溢《あふ》れた勝気な顔とは程遠《ほどとお》かった。

「……まったく仕方のない奴《やつ》じゃの。見ている方が憂鬱《ゆううつ》な気分になってくるわ」

背後《はいご》から声をかけられてはっとなった。窓ガラスには、彼女の主君である少女が映っていた。

「ラシャラ様っ、それにワウも」

いつから見られていたのだろうか。さっと顔が赤くなるのを、キャイアは止められない。だがてっきりからかわれるかと思ったが、二人ともその表情《ひょうじょう》は優《やさ》しげだった。

「護衛機師の立場など、放っぽり出せばよかろう？」

「冗談《じょうだん》ではありません！　そんな訳《わけ》にはいきません！」

ラシャラの護衛機師を止《や》めれば、ダグマイアと対立することはない。だがそれはラシャラを見捨《みす》てるということだ。

いったい何度、ラシャラとダグマイアを天秤《てんびん》にかけたことだろう。

――恋心と使命感

――本音と建て前

だがキャイアには幼《おさな》くして皇となったラシャラを見捨てることができなかった。

「何もしないで後悔《こうかい》するくらいなら、やって後悔する方がずっとマシじゃ」

「それがどういう意味か分かってらっしゃるのですか？」

キャイアは呆《あき》れたように口許《くちもと》を綻《ほころ》ばせた。

まだ幼いながらも目の前の少女は、自らの意志《いし》で運命を切り拓《ひら》いていくだけの知略《ちりゃく》と度量を兼《か》ね備《そな》えている。もしかしたら見捨てられないのではなく、目が離《はな》せないのかもしれない。

「ワウはどう思うか？」

「私は……とりあえず義務《ぎむ》を果たしてから考えようかと。こればっかりは相手も必要なことですし、精神《せいしん》的な余裕《よゆう》も必要ですし……まあ結局、言葉にしなきゃ何も進まないのは確《たし》かなんじゃないかな？　経験《けいけん》ないんであんまりわかりませんけど。にゃはははは」

普段《ふだん》はあまり物事を考えていなさそうなワウだったが、意外と慎重《しんちょう》な意見だった。

「ふむ。なるほどのう……」

ラシャラは小さく頷《うなず》きながら、ワウの言葉の意味を咀嚼《そしゃく》していた。頑固《がんこ》な一面も見え隠《かく》れするラシャラだが、他人の言葉を素直《すなお》に聞く柔軟《じゅうなん》さも持っている。

「まあキャイア、お主の好きにすればよい。いずれにせよ、決断《けつだん》しなければならないとき

というのは、迷《まよ》うことも罪《つみ》なのじゃ。それだけ心しておけばよい」

「はい」

キャイアが頷いたのを見届《みとど》けると、ラシャラとワウは自室に戻《もど》っていった。

「決断か……」

その決断を下す時が来ないことをキャイアは願った。

＊＊＊

それでも何かをしなければ、この状況《じょうきょう》は変わらない。持ち前の前向きさでそう思うことにしたキャイアは、一念発起《いちねんほっき》してダグマイアを誘《さそ》うことにした。

キャイアはずっと機を窺《うかが》っていた。だがダグマイアが一人になる瞬間《しゅんかん》というのはなかなか訪《おとず》れない。そうやってタイミングを慎重に図《はか》っているうちに、ずるずると今日まで来てしまった。

思えば、去年も同じだった。あのときもギリギリまで迷っており、いざ勇気を出して誘おうと決めたはいいが、その時、彼はスケジュールが一杯《いっぱい》になっていたのだ。

学院の中で同郷《どうきょう》の人間はそれだけで近しい存在《そんざい》、ましてや肝試《きもだめ》しは学院のイベントだ。誰が誰を誘おうと気にする者は居《い》ない。

だけどキャイアは何もしなかった。それが運命なのだと思って諦《あきら》めた。今年も運命という言葉に逃《に》げ込《こ》みたい誘惑《ゆうわく》に駆《か》られる。

だが幸運の神様は、キャイアを見放してはいなかったようだ。

昼休みのことだ。窓《まど》の外にダグマイアを見かけたキャイアは、校舎《こうしゃ》を飛び出してその姿《すがた》を追った。強引《ごういん》に茂《しげ》みを突《つ》っ切って近道を行く。

「えっ、うそ……一人？」

珍《めずら》しくダグマイアの周囲には誰もいない。いつも彼と一緒《いっしょ》にいるエメラの姿は見当たらなかった。

声をかけるとしたら今しかなかった。千載一遇《せんざいいちぐう》のチャンスとはまさにこのことを指すのだろう。

キャイアは高鳴る鼓動《こどう》を必死に宥《なだ》めながら、小さく深呼吸《しんこきゅう》を繰《く》り返す。

そして隠れていた茂みから飛び出すと、彼の背中《せなか》に向かって声を上げた。

「ダグマ……」

「キャイアー、そんなとこで何してるのっ」

キャイアの声に被《かぶ》さるようにして、自分を呼《よ》ぶ大きな声が辺りに響《ひび》き渡《わた》った。

ダグマイアにも聞こえたようで、ゆっくりとキャイアの方に振《ふ》り返る。

「…………!!」

予想外の出来事に、せっかく蓄《たくわ》えた勇気は一瞬にして霧散《むさん》した。頭の中が真っ白になったキャイアは、ダグマイアと目が合う前に、茂みの中に飛び込んでいた。なぜ隠れてしまったのか、自分でもわからない。

「どうしたの？　こんなところで」

茂みの先にいる剣士は、無邪気《むじゃき》そうな顔でキャイアを見つめている。

キャイアは愕然《がくぜん》とするばかりで、何も考えられない。

「このバカ！」

剣士を怒鳴《どな》ると、その勢《いきお》いでキャイアは茂みから飛び出し、ダグマイアの姿を捜《さが》した。

だが、もうどこにも見当たらなかった。

＊＊＊

「ダグマイアっ」

「キャイア？　どうしたんだい？　君の方から話しかけてくるなんて珍しいじゃないか」

あの後すぐにダグマイアを捜したのだが、昼休み中には見つけられなかった。結局放課後になって、ダグマイアの教室まで直接《ちょくせつ》出向いて捕《つか》まえた。

今度は一人ではなかったが、もう気にしている場合ではない。

「あのね、えっと……明日のことなんだけど……」

「明日？」

ダグマイアは眉《まゆ》を顰《ひそ》めて微《かす》かに身構《みがま》えた。

その態度《たいど》にキャイアは一瞬口籠《いっしゅんくちごも》ってしまう。このタイミングで明日のことを尋《たず》ねれば、誰《だれ》でも肝試《きもだめ》し大会のことだと察しがつく。

「その……」

「ダグマイア様、クリフ様がお話があると……」

エメラが会話に割《わ》って入ってきた。エメラの視線《しせん》の先では、ダグマイアと親しい男子生徒が、教室の奥《おく》で手を振《ふ》っていた。

そしてエメラは一瞬だけキャイアを見て、すっと目を逸《そ》らした。ほんの一瞬だけ現《あらわ》れた敵意《てきい》——。だけどすぐに取り繕《つくろ》われ、だからこそその態度《たいど》が明確《めいかく》な意思表示《ひょうじ》となっていた。

駆《か》け引きなどできないキャイアには、戦場ではあれほど勇敢《ゆうかん》なのに、一瞬にして怯《ひる》んでしまった。

「ちょっと待っててくれるかい？　すぐ済《す》む話だったら戻《もど》ってくるから」

ダグマイアはそう言い残して、その場を離《はな》れた。

だけどその後、ダグマイアが戻ってくることはなかった。代わりにキャイアのもとに来たのはエメラだった。

「ご用件《ようけん》は明日のイベントですか？」

エメラは単刀直入に切り出した。

「一緒《いっしょ》に回らないかって誘《さそ》おうと思ったんだけど……」

エメラの意外と柔《やわ》らかな視線に、キャイアはすっと口にした。

「残念ですが、ダグマイア様の明日の予定は、発表された日に全《すべ》て埋《う》まってしまいました……」

「そうですか……」

無理を言って空けてもらうことも、できないことはなかったかもしれない。だけどキャイアの振《ふ》り絞《しぼ》れる勇気は、ここまでが限界《げんかい》だった。

「……あなたは、参加するの？」

「私は裏方《うらかた》がありますので。では失礼します」

エメラは一礼すると、背《せ》を向けて歩いていった。キャイアはその背中に、どこか自分に似《に》た落胆《らくたん》が垣間《かいま》見えたような気がした。

残されたキャイアは、その場に立ち竦《すく》むことすらできずに、もどかしい想《おも》いを持て余《あま》しながら引き返すしかなかった。

微笑《ほほえ》んだかに見えた幸運の神様は、もうキャイアの頭上に輝《かがや》いてはいなかった。

＊＊＊

その夜、剣士は居心地《いごこち》の悪い思いをしていた。キャイアは食事中もどこか気が抜《ぬ》けたように放心気味で、剣士を見ても何も言わなかった。いっそ怒《おこ》ってぶん殴《なぐ》ってくれた方がスッキリする。

食事後、ついに堪《こら》えきれなくなった剣士は、部屋に引き上げていくキャイアを呼《よ》び止めて謝《あやま》った。

「キャイア、ごめん。俺《おれ》、知らなくて……」

「いいのよ。悪いのは私なんだから。あんたは明日、楽しんできなさい」

キャイアは剣士の肩《かた》に手を置くと、優《やさ》しく微笑んだ。

その表情《ひょうじょう》も剣士の肩に置かれた手も、いつもの力強さが微塵《みじん》も感じられず、痛々《いたいた》しく見えてしまう。こんなキャイアは見ていたくなかった。

「じゃあさ、俺と一緒に回らない？」

「はあ？　何言ってんの。あんた」

　さすがのキャイアも驚《おどろ》いたようで、顔をしかめ小首を傾《かし》げた。

「だいたいあんた予定一杯《いっぱい》なんでしょ？」

「それが、ワウが大型結界炉《ろ》のメンテナンスに借り出されちゃって、少し時間が空いたんだ。このままだとまた生徒同士で揉《も》めるから、誰かで埋めろって、リチア様に言われたんだけど……」

「………」

　リチアの言葉が嘘《うそ》だということをキャイアは知っている。

　参加者の締《し》め切りは数時間前、エメラと話した直後だった。参加申し込みをしなかった者は、歓迎《かんげい》の主賓《しゅひん》である新入生を除《のぞ》き、問答無用で裏方へ回る。もちろんキャイアもそうだ。

　生徒会室で裏方の打ち合わせに行った時、剣士の枠《わく》に空きができたことと、その枠に入らないかと、当のリチアに尋ねられたのである。結局、それをキャイアが断《ことわ》ったことにより、超過密《ちょうかみつ》スケジュールとなっている剣士の、休憩《きゅうけい》時間に充《あ》てることが決まった。もちろんもともとスケジュールに組み込まれていたものであるため、ペアの相手を替《か》えて参加することは可能《かのう》だった。

「嫌《いや》じゃなければ、一緒に回ってよ」

剣士の同情心《どうじょうしん》、キャイアに対する恐《おそ》れがあったとしても、その気遣《きづか》いが嬉《うれ》しかった。

「それとも俺とじゃ、やっぱり嫌かな」

見つめる剣士の、情《なさ》けなさそうな顔に笑いを堪えつつ、

「……わかったわよ」

キャイアは僅《わず》かに口を尖《とが》らせて、ぶっきらぼうに言った。

「ほんと？」

剣士が顔を輝《かがや》かせて聞き返すと、キャイアは小さく笑いつつ乱暴《らんぼう》に剣士の頭をくしゃくしゃにかき回す。

「明日は朝から大変なんでしょ。早く寝《ね》なさい」

「うん。じゃあ、おやすみ、キャイア」

剣士とキャイアは、それぞれ自室に引き下がった。

窓の外ではいつの間にか雨が降《ふ》り始めていた。風も強いし、この分だと明日は嵐《あらし》になるかもしれない。

§4

肝試《きもだめ》し当日、聖地《せいち》の地下施設《しせつ》の更《さら》に下の区域《くいき》では、ひっきりなしに女子生徒の悲鳴が響《ひび》

き渡《わた》っていた。

ときおり男子生徒の悲鳴も混《ま》じっていたが、それはあくまで下級学部に入学してきた一般《いっぱん》男子であり、男性聖機師《だんせいせいきし》の悲鳴は一切《いっさい》なかった。それは男性聖機師に恥《はじ》をかかせない配慮《はいりょ》であり、予期せぬトラブルにより男性聖機師に怪我《けが》をさせないために、脅《おど》かす内容《ないよう》と場所を事前に教えていたからだ。だが複数《ふくすう》の女子生徒とペアを組む男子生徒は、女子生徒をエスコートする、いわば案内役で仕掛《しか》けをする側だとも言える。

使われなくなって久《ひさ》しい施設の中を、剣士は女子生徒を抱《かか》えながら走り回っていた。

「もう何もいません！　落ち着いて！」

剣士がそう叫《さけ》んでも、女子生徒は何かを払《はら》いのけるように必死になって手を振《ふ》り回す。その手が剣士の顔に無茶苦茶《むちゃくちゃ》に当たるはひっかくわ。さすがにこれには、剣士も閉口《へいこう》した。

肝試しは、その殆《ほとん》どが暗い廃墟《はいきょ》のような施設を歩くだけで、ほとんど脅かすための仕掛《しか》けはない。だが事前の情報操作《じょうほうそうさ》で、さんざん恐怖心《きょうふしん》を植え込まれた女子生徒は、ちょっとしたきっかけで恐怖に駆《か》られてしまった。

彼女の場合、きっかけは暗闇《くらやみ》から聞こえてきた大嫌《だいきら》いな虫の歩く微《かす》かな音だった。しかもそれが大量に四方八方から聞こえてくる。後はぽとりと彼女の頭に何かが落ちてくれば、彼女の忍耐力《にんたいりょく》も理性《りせい》も、あっと言う間に瓦解《がかい》する。

「きゃあああああああああああああああああ！」

もう彼女の心は、大量の虫が自分を襲《おそ》うという恐怖心だけが支配《しはい》している。

「やだやだ、来ないで！　もう帰る！」

女子生徒は剣士の後ろを見ながら、甲高《かんだか》い叫び声を上げる。頭にキンキン響いて眩暈《めまい》がする。

「うーん、さすがリチア様」

事前の調査《ちょうさ》と怖《こわ》がらせるタイミングの絶妙《ぜつみょう》さに、剣士は感心した。

＊＊＊

剣士が肝試しに異変《いへん》を感じたのは、この女子生徒とペアを組んだ時だった。

「もういやあ……」

その新入生の女子生徒は、剣士の首根っこに抱《だ》きつきながら、涙《なみだ》を流してべそを掻《か》いていた。

「お爺《じい》様、許《ゆる》して下さいっ。許して下さいっ」

女子生徒は必死になって謝《あやま》り続けている。

聞けば彼女は、多忙《たぼう》な両親に代わって、厳格《げんかく》な祖父《そふ》のもとで育てられたらしい。しかもその祖父は、彼女を折檻《せっかん》中に心臓麻痺《しんぞうまひ》を起こして亡《な》くなったらしく、彼女にとって祖父という存在《そんざい》は恐怖そのものとなったようだ。

その祖父そっくりの老人が、薄暗闇《うすくらやみ》の通路に現《あらわ》れては説教を垂《た》れるのだ。

「ほら、あれは生徒会の人が特殊《とくしゅ》メイクで変装《へんそう》してるんだよ」

剣士が冷静に指摘《してき》しても、もはや彼女にとっては理屈《りくつ》ではないのだろう。幼児《ようじ》期に刷《す》り込《こ》まれた恐怖体験は、そう簡単《かんたん》に拭《ぬぐ》い去れるものではない。

すると唐突《とうとつ》に剣士の首に女子生徒の全体重が圧《の》し掛《か》かった。叫び続けていた悲鳴は、もう彼女の口からは漏《も》れてこない。どうやら気絶《きぜつ》したようだ。

剣士は女子生徒を抱《だ》きかかえると、通路の先で囁《ささや》いている老人を呼《よ》んだ。

「アウラ様ー、やっぱりやりすぎですよー」

「ふむ。今年の新入生は軟弱《なんじゃく》な生徒が多いな……」

老人は剣士たちのもとまでやってくると、特殊メイクを施《ほどこ》したお面を外した。見事な銀《ぎん》髪《ぱつ》を結《ゆ》い上げたアウラは、苦笑《くしょう》しつつ言った。

事前に怪《あや》しげな噂話《うわさばなし》で煽《あお》りすぎたせいではないかと剣士は思うのだが、これで失神した女子生徒を運ぶのは四人目だった。

そもそも地下の施設まで到達《とうたつ》できた新入生自体が、ほとんどいない。どの生徒も泣き叫んで引き返すか、失神してしまうかのどちらかだった。

「うふふ、いいのだ。新入生にとってはこれもいい経験《けいけん》になる。それにこれくらいで失神などしていては、いざというときに戦えないからな」

「本当ですか？」

剣士は抜《ぬ》け抜けとそう言うアウラに、疑《うたが》いの眼差《まなざ》しを向ける。

「ここで無様な姿《すがた》を晒《さら》したとなれば、今後の修業《しゅぎょう》でも真剣《しんけん》になるというものだ」

「とか言いつつ、本当は楽しんでるだけなんじゃゃ……」

「ははは、否定《ひてい》はしない」

「やっぱり……」

剣士は苦笑しながら、気の毒な女子生徒に活《かつ》を入れた。

「う……ううん……」

気絶していた女子生徒が目を覚ます。

「大丈夫《だいじょうぶ》？」

新入生の女子生徒は状況《じょうきょう》がわからないようだったが、剣士が顔を覗《のぞ》き込《こ》むと、ほっと顔を綻《ほころ》ばせた。

「大丈夫そうだな」

「きゃあああああっ」

アウラが横から声をかけた瞬間《しゅんかん》、女子生徒は再《ふたた》び金切り声を上げた。

「うわっ」

女子生徒はアウラを思いっきり突《つ》き飛ばし、でたらめに走り出す。そのまま壁《かべ》にぶつかって再度《さいど》失神した。

「くっ、何なんだ……」

アウラは上半身を起こしながら、完全にノビている女子生徒を見た。

剣士はアウラの顔を凝視《ぎょうし》する。一瞬、アウラの顔に見知らぬ老人の顔が重なったように見えたからだ。剣士が目を擦《こす》って確《たし》かめると、老人の顔は既《すで》に消えていた。

（……見間違《みまちが》い？……いや、違うな）

「……なあ剣士……私の顔はそんなに怖《こわ》いか？」

苦笑しながら言うアウラは、衣類こそ老人のものだが、今は特殊メイクのお面を被《かぶ》っていない。剣士はそっとアウラの顔に触《ふ》れた。

「きゃっ！」

いきなり顔に触れられ、驚《おどろ》いたアウラが小さな悲鳴を上げ、頬《ほお》を染《そ》める。

「いきなり何を……」

アウラの問いには答えず剣士は周囲の様子を窺《うかが》った。

（……ずっと変だと思ってたけど……でも前に義姉《ねえ》ちゃんが見せてくれた、あれに似《に》た感じはないな……）

自然発生のときに特有の冷起現象《げんしょう》は起きていない。だとすると人為《じんい》的に起こされたものだろうか。

「たぶん驚いたのはアウラ様の顔じゃないと思いますよ」

「ん？　なら何を見たんだ？　この生徒以外には、私と剣士しかいないぞ」

「んー、どう言えばいいかな。最も適《てき》した言葉は……幽霊《ゆうれい》？　になるのかな」

「幽霊だと？　はははは、それは面白《おもしろ》い」

アウラはそれを冗談《じょうだん》だと思ったようで楽しそうに笑った。

「あはははは」

剣士も一緒《いっしょ》になって笑う。剣士はアウラに手を差し出して助け起こした。

「ははは、っ、っつう……」

アウラは顔を顰《しか》めた。どうやら突き飛ばされて転倒《てんとう》したときに、足首を捻《ひね》ったらしい。

剣士はしゃがんで確《たし》かめる。

「なに、大したことはない」

た。


「ダメですよ。腫《は》れてるじゃないですか」

「あ、おいっ、剣士っ！」

剣士は失神したままの女子生徒を肩《かた》に担《かつ》ぐと、反対側の肩でアウラを抱《かか》えて支《ささ》えた。

「一旦《いったん》、上まで戻《もど》った方がいいです」

大丈夫だと言うアウラを遮《さえぎ》って、剣士はアウラを支えながら、階段《かいだん》に向かって歩き出した。

「ふふふ、そういえば、初めて剣士と会ったときは、私がこうやって肩を貸《か》したのだったな」

「そうでしたね。っていっても俺はほとんど覚えてないんですけど」

あれは剣士がラシャラを襲《おそ》い、逆《ぎゃく》に捕らえられて鳥籠《とりかご》のような牢《ろう》に監禁《かんきん》されたあとのことだ。

あのときアウラに助けられなかったら、剣士は今頃《いまごろ》死んでいたか、生きていても大怪我《けが》をしていたはずだ。そしてそのあとに風土病に冒《おか》されて、やはり死んでいただろう。

アウラが剣士の命の恩人《おんじん》というのは、決して誇張《こちょう》でもなんでもないのだった。

‡ Recollection 3

ラシャラを襲った夜、剣士はその場で殺されずに、一旦捕らえられた。お人好《ひとよ》しと言っても
しかしこの移動船《いどうせん》スワンにいるのは、変わった連中ばかりだった。お人好しと言っても
いいかもしれない。
もちろん背後《はいご》関係を吐《は》くように尋問《じんもん》されたが、剣士は名前以外決して口を割《わ》ることはな
かった。それなのに手荒《てあら》な真似《まね》は何もされなかった。スワンの外壁《がいへき》に吊《つ》るされた檻《おり》に閉《と》じ
込められるなど、多少の意地悪はされたが、ちゃんと怪我の手当てもしてくれたし、食事
も与《あた》えてくれた。それどころか、衣類の洗濯《せんたく》と防寒具《ぼうかんぐ》の用意までしてくれたのだ。
剣士に聖機人《せいきじん》の操縦《そうじゅう》訓練を施《ほどこ》した仮面《かめん》の男たちとは大違《おおちが》いだった。
だが寒風が吹《ふ》き晒《さら》す上空では、さすがに深夜ともなると寒さが身に凍《し》みた。これから自
分はどうなるのかと心細くもなる。
仮面の男に見捨《みす》てられたら、どうやって元の世界に戻ればいいのか。
——お前はただの捨て駒《ごま》だ
ラシャラの親衛《しんえい》隊長であるキャイアに言われた一言が、しばらく剣士の胸《むね》に引っかかっ
ていた。それが本当だとしたら、自分は一体どうすればいいのか。そんなことが頭の中を
ぐるぐると駆《か》け巡《めぐ》っては消えていく。
兄や義姉《あね》たちは今頃《いまごろ》何をやっているだろうか。そんなことを思いながら、毛布《もうふ》に包《くる》まっ

てウトウトしていると、ふと気配を感じた。いつの間にか檻の扉《とびら》の鍵《かぎ》は外され、扉が開け放たれていた。

「ドジねぇ、剣士」

上から声がかかり、見上げると、鳥籠《とりかご》のような檻の天井《てんじょう》の梁《はり》に、長い前髪《まえがみ》で顔の半分を覆《おお》った少女が座《すわ》っていた。

「ドール？」

剣士と一緒《いっしょ》に、操縦訓練をしていた少女だった。表情《ひょうじょう》にこそ出さなかったが、迎《むか》えが来たことに内心ほっと安堵《あんど》した。見捨てられたわけではなかったのだ。

「……行くよ……」

ドールは剣士に手を差し伸《の》べた。

剣士はほんの少しの間だけ逡巡《しゅんじゅん》したが、毛布をきちんと畳《たた》むと檻を抜《ぬ》け出し、スワンをあとにした。

＊＊＊

「ふむ、食らいついたか……」

ラシャラは眼下《がんか》の森を行く黒い聖機人を、じっと目で追いながら呟《つぶや》いた。

思ったよりも早かった。わざわざ外から丸見えの位置に、鳥籠のような檻を吊るした効《こう》果《か》は抜群《ばつぐん》だったようだ。

「……さて、何が釣《つ》れるやら楽しみじゃのう」

迎えに来たのがあの黒い聖機人ということは、昨夜襲ってきた連中と同じと見て間違いない。あとは連中がその正体を明かしてくれるのを待つだけだ。

＊＊＊

『巡礼路警備隊《じゅんれいろけいびたい》のダークエルフさんたち、領空内《りょうくうない》に招《まね》かざるお客様よ……』

警備船のブリッジにて、匿名《とくめい》通信で寄《よ》せられたそのメッセージを聞いていたアウラは、長い銀髪《ぎんぱつ》を少しも揺《ゆ》らすことなく、ソファから立ち上がった。

シトレイユ皇国《こうこく》の姫皇《ひめおう》が巡礼路を移動してくるとあって、先日から警備に当たってきたが、どうやら本当に謀略《ぼうりゃく》を巡《めぐ》らす者がいたようだ。

だがまずは情報《じょうほう》の真偽《しんぎ》を確《たし》かめねばならない。できればこの情報を寄越《よこ》した者が何者かも押《お》さえておきたい。

アウラは聖機人に乗り込むと、巡礼路警備船から飛び立った。

＊＊＊

剣士を乗せた黒い聖機人は、荷物運搬《うんぱん》用に偽装《ぎそう》されたコンテナ船の甲板《かんぱん》に着艦《ちゃっかん》した。

剣士は顔を覆った兵士たちに両脇《りょうわき》を固められて歩いていく。荷物が空の倉庫内には、青い聖機人と仮面の男が待っていた。兵士は十数名ほどが控《ひか》えている。

「はあ、はあ、はあ……」

剣士は荒《あら》い呼吸《こきゅう》を繰《く》り返していた。気分が悪い。身体《からだ》もだるくて熱っぽい。なぜか急激《きゅうげき》に体調が悪くなっていた。檻の中で、長らく夜風に当たっていたから、風邪《かぜ》でも引いたのだろうか。

「ラシャラの始末はどうした？」

仮面の男は声を変えているのだろう。水中で響《ひび》いてくるような、くぐもった声で聞いた。

「………」

剣士は答えられない。

「この役立たずが！　しょせん異世界人とはいえ、この程度《ていど》か。こいつをあらためろ！」

「はっ」

控えていた兵士が剣士の両脇に取りつき、衣服を調べ始めた。

剣士は為《な》すがままにされている。

「えっ？」

「あっ！　発信亜法魔方陣《あほうまほうじん》！」

光る紋様《もんよう》のようなものが、襟《えり》の内側に縫《ぬ》いつけられていた。兵士はそれを引き剥《は》がした。

剣士は気絶《きぜつ》していた間に、衣類を洗濯《せんたく》されていたことを思い出す。あのときに仕込《しこ》まれたに違いない。

「思った通りだな……」

仮面の男は予想していたというように呟いた。

＊＊＊

「ふむ、意外に早くばれたの……。じゃが、これである程度の裏《うら》は読めた」

首謀者《しゅぼうしゃ》らしき男が言っていた通り、剣士が異世界人だというなら、あの白い聖機人《せいきじん》の操縦能力《のうりょく》も、驚異《きょうい》的な耐久持続力《たいきゅうじぞくりょく》にも説明がつく。

「急げよ、キャイア」

キャイアはワウの聖機人を借りて、黒い聖機人を追いかけている。

発信亜法がバレた以上、相手の素性《すじょう》を探《さぐ》ることはもう無理だろう。となればあとは剣士を奪回《だっかい》するだけだ。貴重《きちょう》な異世界人《い》を、何としてもこの手に入れておきたい。

＊＊＊

「皇女に何と言われて丸め込まれた？　何でも望みを叶《かな》えようとか？」

仮面《かめん》の男はゆっくりと剣士に近づきながら、剣士の顔を覗《のぞ》き込んだ。

剣士は首を振《ふ》って否定《ひてい》する。

「とぼけるのか？」

「しゃべっていない……何も」

本当に名前以外は一切《いっさい》話さなかった。

だが仮面の男にとっては、話していようがいなかろうが、どちらでもよかったようだ。

「まあいい。いずれにせよ、お前はここで死ぬことになるのだから」

「えっ!?」

耳を疑《うたが》った。

だがすぐに仮面の男の本心を悟《さと》った。つまりドールが現《あらわ》れたのは、剣士を助けるためではなく、口封《くちふう》じのために呼《よ》び戻《もど》したのだ。

「約束は？」

「約束？　ああ、お前をもとの世界に戻すというあれか？　馬鹿馬鹿しい。貴様《きさま》はラシャラ暗殺のための捨《す》て駒《ごま》にすぎん」

キャイアも同じことを言っていたのを思い出す。

「第一、お前を帰す術《すべ》など、この世界にはない」

その一言が剣士を打ちのめした。目の前が絶望《ぜつぼう》で暗くなる。

「……騙《だま》したんだな？」

剣士が仮面の男たちに従《したが》っていたのは、それしか元の世界に戻る方法がないと思ったからだ。でなければラシャラ暗殺などに手を染《そ》めたりはしなかった。

仮面の男は無言のまま兵士たちに合図を送った。

兵士たちが剣《けん》を抜《ぬ》く気配が背後《はいご》から伝わってくる。

「はあ……はあ……」

息が苦しい。だが今のうちなら、まだ身体《からだ》は動かせる。もう自分の行動を縛《しば》るものは何もない。

「……死ねっ」

余裕《よゆう》ぶって呟《つぶや》いた仮面の男が、ゆっくりと剣を抜いた瞬間《しゅんかん》を狙《ねら》った。剣士は仮面の男の鳩尾《みぞおち》に回し蹴《げ》りを突《つ》き入れる。

「うげぇっ」

仮面の男はもんどり打って無様《ぶざま》に倒《たお》れ込んだ。

「貴様っ！」

「でぇいっ」

剣士は背後から斬《き》りかかってきた兵士の勢《いきお》いを利用して、そのまま前方に投げ飛ばす。

「何をしている！　早く捕《と》らえろ！」

仮面の男は逆上《ぎやくじよう》して叫《さけ》んだ。

それを合図にして兵士が一斉《いつせい》に斬りかかってきた。

剣士はそれを素早《すばや》い動きで巧《たく》みにかわしながら、容赦《ようしや》なく相手の急所に蹴りをぶち込んで無力化していく。体調が悪いので手加減《てかげん》などしていられない。

剣士の動きは兵士たちとはまるで違った。相手に掠《かす》らせもしない。

「な、何をしている！」

仮面の男は尻餅《しりもち》をついたまま、ヒステリックに喚《わめ》き続ける。

だが剣士は襲《おそ》いくる兵士を次々に片《かた》づけると、外に通じる扉《とびら》に向かって走り出した。

「追えっ、追うんだっ」

仮面の男が叫んでいるが、もう立っている兵士は一人もいない。全員床《ゆか》の上で昏倒《こんとう》していた。

剣士は甲板《かんぱん》に出ると、逃《に》げ場を探《さが》して船首まで走っていった。だが宙《ちゅう》に浮《う》いているコンテナ船では、下船することもできない。飛び降《お》りようにも相当の高度があり、とてもではないが無事に済《す》むとは思えなかった。

すると倉庫の大扉が開き、青い聖機人《せいきじん》が重厚《じゅうこう》な足取りで迫《せま》ってきた。

『拾ってやった恩《おん》も忘《わす》れ、よくも私に恥《はじ》を掻《か》かせてくれたな』

中には仮面の男が乗っているようだ。

「はあ……はあ……」

剣士は青い聖機人を見上げたが、その視界《しかい》が歪《ゆが》む。眩暈《めまい》とともに意識《いしき》まで朦朧《もうろう》としてきた。もう立っているのもやっとだった。

『苦しそうだな……。そうか、発病したのか。ははははっ、あっはははは』

目の前にいるというのに、仮面の男の高笑いが、やけに遠くから聞こえてくるように感じた。

「はあ……はあ……」

もう選択《せんたく》の余地《よち》はない。仮面の男に利用されるのだけは御免《ごめん》だった。

剣士は意を決すると、柵《さく》を乗り越《こ》えて走り出す。そのまま躊躇《ためら》うことなく、コンテナ船の縁《へり》から宙に身を躍《おど》らせた。

＊＊＊

アウラは警備船《けいびせん》を飛び立ってしばらくすると、不審《ふしん》なコンテナ船を見つけた。森の陰《かげ》に隠《かく》れて様子を窺《うかが》う。

「船籍《せんせき》不明……情報《じょうほう》通りか」

データベースに照会しても、該当《がいとう》するコンテナ船はこの空域《くういき》に存在《そんざい》しなかった。規定《きてい》通りに停船させて事情聴取《ちょうしゅ》を行うか、このままもう少し様子を見るか、判断《はんだん》に迷《まよ》う。

「……ん？」

アウラはコンテナ船の上を走る人影《ひとかげ》に気がついた。その人影を正面ディスプレイにズームで映《うつ》し出す。まだ年端《としは》もいかない少年だった。

その少年を追って、見たことのない青い聖機人が倉庫から甲板の上に姿《すがた》を現した。

「仲間割《わ》れか？　一体どうなっている？」

子ども一人を相手に、聖機人で立ち向かうなど常軌《じょうき》を逸《いっ》していた。目の前で起きている出来事はどこか非現実《ひげんじつ》的で、アウラは少し思考がついていかない。

だがそうこうしているうちに、追われていた少年は、あっさりコンテナ船から飛び降りた。

「あっ！」

あの高度ではとても無事に済むとは思えない。かといって自棄《やけ》になった末の自殺とも思えなかった。

気がついたらアウラは隠れていた森から飛び出し、落下してくる少年を聖機人の左手で受け止めていた。そのまま宙を飛びながらコンテナ船から距離《きょり》を取る。

「思わず助けてしまったが……」

少年は気を失っているのか、ピクリとも動かない。

「……!!」

背後《はいご》から迫《せま》る殺気に、アウラは間一髪《かんいっぱつ》で直撃《ちょくげき》を避《さ》けた。アウラの聖機人に向かって、エネルギー弾《だん》が立て続けに迫ってくる。

「あの聖機人、何者だ？」

先ほど少年を襲っていた青い聖機人が、アウラを追いかけてきた。やはり仲間割れと考えていいのだろうか。

何はともあれこの少年を助けた以上、なんとしても保護《ほご》して事情を聞かなければならない。

だがアウラと相手との距離は、徐々《じょじょ》に差が詰《つ》まってくる。

「くっ……」

これでは反撃どころか、スピードも出せなかった。いっそのことコックピットに少年を入れてしまうべきだろうか。

アウラは気を失っている少年を見た。

だが普通《ふつう》の子どもに、聖機人の亜法波《あほうは》は危険《きけん》だった。

（……どうする？）

迷っている時間はない。

青い聖機人はアウラに追いつくと、アウラの聖機人ごと剣士を切り捨《す》てようと、剣《けん》を大きく振《ふ》り被《かぶ》った。

「まずい！」

アウラが回避《かいひ》行動を取ろうとした瞬間《しゅんかん》、青い聖機人に向けて、死角からエネルギー弾が飛んできた。

邪魔《じゃま》された青い聖機人が体勢《たいせい》を立て直す間に、アウラはできるだけ距離を取る。

すると前方から見覚えのある聖機人が一体、こちらに向かって飛んできた。あの赤い機体は、シトレイユ皇国《こうこく》ラシャラ皇の親衛《しんえい》隊長のもので間違《まちが》いない。

「キャイア・フラン！」

『やはり！　アウラ・シュリフォン』

（……やはり？）

何がやはりなのか、頭の片隅《かたすみ》に引っかかる。

『その子！』

キャイアは少年の姿を見て驚《おどろ》いた。

それでアウラは確信《かくしん》した。どうやらこの件《けん》は、シトレイユに関するゴタゴタと認識《にんしき》していいようだ。

『ここは私に任《まか》せて！』

キャイアが剣を構《かま》えた。

「すまない」

アウラはこの場をキャイアに託《たく》すと、前方にいるはずのスワンに向かって飛び始めた。

＊＊＊

その後、剣士はアウラに保護されてスワンまで辿《たど》りついた。アウラに肩《かた》を借りたのはこのときだ。

そこでシュリフォン王国とシトレイユ皇国のどちらが剣士を引き取るかで一悶着《ひともんちゃく》あったらしい。

だが剣士がエナの海の風土病であるロデシアトレに感染《かんせん》・発病していることがわかり、剣士の処遇《しょぐう》は一旦保留《いったんほりゅう》となった。

ロデシアトレの解毒《げどく》には、トリアム草が効《き》くというので、アウラは、聖地《せいち》から新たにスワンの護衛《ごえい》としてやってきたメザイアとともに、巡礼路《じゅんれいろ》の森へと採集《さいしゅう》に向かった。

途中《とちゅう》、アウラは黒い聖機人に襲《おそ》われるなどしたものの、何とかトリアム草を採集することができた。

一方スワンは再《ふたた》び青い聖機人に襲撃《しゅうげき》されるも、アウラとメザイアが帰還《きかん》するまで、キャイアとワウの連携《れんけい》で持ち堪《こた》え、最後は何とか撃退《げきたい》した。

結局あの青い聖機人がどこの組織《そしき》のものかは、いまだに摑《つか》めていない。

その後、トリアム草が効いたようで、剣士は辛《かろ》うじて一命を取り留《と》めたのだった。


目が覚めたとき、ラシャラやキャイアたちが、剣士を見守っていた。

「おお、目覚めたか」

ラシャラがほっと安堵《あんど》したように言った。

「熱も引いたようね」

この中では一番大人で綺麗《きれい》な女性《じょせい》が、剣士の額《ひたい》に自分の額を当てて言った。

確《たし》かに、あれほど気分が悪く、だるかった身体《からだ》も軽くなっていた。呼吸《こきゅう》もずいぶんと楽になっている。

「薬草があったとはいえ、ずいぶん早い回復《かいふく》だな……」

そう言ったのは見知らぬ女性だが、ストレートの銀髪《ぎんぱつ》と褐色《かっしょく》の肌《はだ》が印象的で、薄《う》っすらと記憶《きおく》に残っていた。発病して意識朦朧《いしきもうろう》となっていたときに、剣士の肩を支《ささ》えてスワンまで連れてきてくれた女性だったような気がする。

「全く面倒《めんどう》をかけて……」

キャイアはやれやれと溜《た》め息をついている。

「とりあえず、この恩《おん》はあとでしっかり返してもらいましょ」

「あなたね……」

ツナギを着た整備士《せいびし》らしき女性の言葉に、キャイアは呆《あき》れて突《つ》っ込《こ》んでいる。

状況《じょうきょう》から察するに、仮面《かめん》の男に追い詰《つ》められてコンテナ船から飛び降《お》りた自分を、ここにいる皆《みな》が助けてくれた上に、病気の治療《ちりょう》までしてくれたようだ。この世界に来て初めて誰《だれ》かに優《やさ》しくされたことを実感する。

剣士はベッドから上半身を起こして一同を見渡《みわた》した。

「……あ、ありがとう……」

顔が火照《ほて》るのがわかる。

「かわい～い～」

最年長の女性、確かメザイアと呼《よ》ばれていた人が、剣士を抱《だ》きしめて頬擦《ほおず》りした。

「えっ……あの……」

「ほら、まだ病《や》み上がりなんだから……」

キャイアがメザイアを引き剝《は》がす。

「あんたももう一眠《ひとねむ》りしなさい」

キャイアはそう言ってメザイアを引き摺《ず》りながら、部屋を出ていった。

「我《われ》らも少し休むとするかの」

ラシャラはそう言って部屋の明かりを消した。

夜を徹《てつ》して看病《かんびょう》してくれていたのだろう。それが契機《けいき》となって、他の女性も次々と部屋から出ていく。

一人残された剣士は、ベッドから抜《ぬ》けると客間のバルコニーに出た。朝日が射し込んで、剣士は眩《まぶ》しさに目を細めた。

眼下《がんか》には森が広がり、遠くには緑の山と青い空、白い雲が対照的なコントラストを描《えが》いている。この世界に来て、こんなふうに景色に目を留《と》めたのは初めてのことだった。

「……きれいだ」

スワンから眺《なが》める朝日に照らし出された風景は、この世のものとは思えないほど美しかった。

§5

肝試《きもだめ》し大会は順調に進行していった。結局、実行委員が指定するポイントまで到達《とうたつ》できて、無事帰ってきた者は、新入生では数えるほどしかいなかった。

上級生ともなると、さすがにほとんどの生徒が余裕《よゆう》の表情《ひょうじょう》で戻《もど》ってきており、十分このイベントを楽しんだようだった。

「何、我の怖《こわ》いものじゃと？」

さすがにラシャラは肝《きも》が据《す》わっている。ここまでいくつかの障害《しょうがい》を乗り越《こ》えてゴール近くまでやって来ていた。

「我に怖いものなど有りは……」

そこでラシャラの言葉が途切《とぎ》れる。そしてしばらく考えた後再《ふたた》び話し出す。

「……そうじゃの、強《し》いて上げれば、美しい黄金色の山を崩《くず》すのが恐《おそ》ろしい」

「……は？」

一瞬《いっしゅん》、ラシャラの言葉の意味が分からず、剣士は彼女の顔を凝視《ぎょうし》した。そして少し考え込み、

「つまり……貯《た》めた金が減《へ》るのが一番恐ろしいと？」

剣士なりに咀嚼《そしゃく》した意味を確《たし》かめた。

「その通り！　ああ、あの美しい山が……崩れて行く。恐ろしい……」

ひとりで浸《ひた》るラシャラを置いて先に進もうとした時、

――チャリン！

暗闇《くらやみ》に微《かす》かな音が聞こえる。

「け、剣士！」

何やら悲痛《ひつう》な叫《さけ》びにふと見ると、ラシャラが真っ青になって震《ふる》えていた。

「ど、どうしたんですか？」

「か、金を落とした」

「ええっ？　お金、持ってきてたんですか？」

「いや……持ってきてはおらぬ……じゃが落としたのじゃ！」

一瞬、冗談《じょうだん》かと思ったが、ラシャラの表情は真剣《しんけん》そのものだ。

「嫌《いや》じゃ！　ここでは落としたが最後、探《さが》せぬ」

――チャン、チャリーン！

再び微かな音が響《ひび》く。

「落ちた！　落ちてしもうた！　深い穴《あな》じゃ……もう取れぬ。我の手には届《とど》かぬ」

ラシャラの口調は幼子《おさなご》のようだった。どうやら何かのトラウマが甦《よみがえ》ったようだ。

情報《じょうほう》を総合《そうごう》するに、お金を落として拾えなくて、何やら大変な目にあったらしい。

（……ラシャラ様のお母さん絡《がら》みかな？　前にもの凄《すご》〜〜〜い……守銭《しゅせん》……じゃない、お金にうるさい人だったみたいだし……）

似《に》たような知り合いを大勢《おおぜい》知っている剣士は、同情的な目でラシャラを見つめた。

「いやじゃ！　もうここにいるのはいやじゃ……帰る……帰るのじゃ！」

暗闇の中へとラシャラは突如《とつじょ》走り出した。

「ラシャラ様！」

と、剣士がラシャラを追いかけようとした時、

――ドゴン！

暗闇の中に大きな音が響く。それはラシャラが壁《かべ》にぶつかった音だった。

＊＊＊

そして残すところは、剣士とキャイアのペアを含《ふく》む十組だけとなった。

日が暮《く》れかけて、校舎《こうしゃ》は闇に溶《と》け込もうとしている。外はいつの間にか、冷たい雨が降《ふ》り始め、この季節にしては気温もぐっと下がっていた。

肝試しの済《す》んだ学生たちは、高学年校舎へ移動《いどう》し、歓迎会《かんげいかい》の宴《うたげ》に酔《よ》いしれている。人気《ひとけ》の絶《た》えたもの悲しい雰囲気《ふんいき》の低学年校舎とは違《ちが》い、窓《まど》の向かいに見える高学年校舎には煌々《こうこう》と明かりが灯《とも》り、活気に満ちていた。

「じゃあ、行くわよっ！」

キャイアは鼻息荒《あら》く大股《おおまた》で受付に向かってのっしのっしと歩いていく。

剣士は慌ててキャイアを追った。

「どうしたの？　変に気合い入ってるけど」

「いいから行くわよっ。ちゃっちゃっと終わらせて、ちゃっちゃっと帰ってくるのっ！」

キャイアは脇目《わきめ》も振《ふ》らず、ぐっと扉《とびら》を睨《にら》み続けている。

「ようやく最後だな」

アウラは受付の椅子《いす》に座《すわ》ったまま、疲《つか》れを解《ほぐ》すように肩《かた》を揉《も》んでいる。足首の捻挫《ねんざ》は軽《けい》症《しょう》のようで、大事には至《いた》らずよかった。

「それじゃあ皆《みな》さん、楽しんできて頂戴《ちょうだい》」

リチアはキャイアたちに向けて意味深に微笑《ほほえ》むと、地下施設《しせつ》への扉を開いた。降《お》りたすぐ先にあるホールには二十のドアがあり、それぞれのペアの担当《たんとう》が、松明《たいまつ》を持ってドアの前に立っていた。

剣士たちの担当の待つドアは、今日初めて潜《くぐ》るものだった。剣士の緊張《きんちょう》に気付いたのか、キャイアは、真剣な表情で唾《つば》をごくりと飲み込んだ。

担当の合図とともにドアは大きく開き暗闇が剣士とキャイアを迎《むか》え入れる。

キャイアは自分が剣士より年上だという考えからか、半歩先を進み始めた。

＊＊＊

携帯《けいたい》ライトで足元を照らしながら、剣士とキャイアは恐《おそ》る恐る進んでいった。

初めてのルートとはいえ、雰囲気が変わるということはなかった。内部が崩《くず》れているわけでも、散乱《さんらん》した家具や荷物が放置されているわけでもない。ある程度《ていど》雰囲気を盛《も》り上げるセットや小道具類があるとはいえ、それは通行を邪魔《じゃま》する類《たぐい》のものではない。

今のところ、実行委員は何も仕掛《しか》けてはこない。だが別ルートで先回りした仕掛け人たちが、どこかで剣士とキャイアの状況《じょうきょう》をモニターしながら、手ぐすね引いて待っているのは間違いない。

キャイアは黙《だま》りこくったまま、張《は》り詰《つ》めた空気を発散し続けている。この調子で最後まで持つのだろうか。

「そういえばさあ、キャイアは去年は誰と行ったの？」

剣士はキャイアの緊張を解そうと話題を振《ふ》ってみた。

「誰とも」

一言、短い返答があるだけで、キャイアは集中を切らそうとはしない。

「あ、そうなんだ。じゃあ、一昨年《おととし》は？」

「一昨年も」

またもや短い答えしか返ってこない。

「えっと……」

「初めてよ」

「え？」

剣士は聞き返した。

「だから裏方《うらかた》ばかりで、肝試《きもだめ》しに参加するのは初めてって言ったの」

「でも新入生は強制《きょうせい》じゃなかった？」

「私はラシャラ様の護衛機師《ごえいきし》に選ばれていたから、下級生は二年間しかやってないの」

聖地学院《せいちがくいん》の下級生は本来四年制で、キャイアは今年から上級生だ。一昨年も参加していないということは、一度も参加していないことになる。

「一昨年は……前シトレイユ皇《おう》の崩御《ほうぎょ》で喪《も》に服していたりで、この手のイベントには参加しなくても良かったから」

「なるほど……で、去年は？」

「べ、別に理由なんていいじゃない。あんまり興味《きょうみ》もなかったし」

「ほんとにぃ？」

つい疑《うたが》わしそうな声が出てしまう。

「本当よっ。それ以外に何があるのよ」

キャイアはムキになって剣士に迫《せま》る。

「……怖《こわ》いとか？」

言った途端《とたん》に、キャイアの拳《こぶし》が剣士のあごにヒットした。

「誰が怖がってるって？」

（……キャイアです）

という突《つ》っ込《こ》みは心の中だけに仕舞《しま》っておく。このパターンはもう何度目だろう。いい加減《かげん》学習してもいいとは思うが、こういう抜《ぬ》けた部分は父親譲《ちちおやゆず》りだから仕方ない。

だが今のやり取りで、キャイアの緊張が解《ほぐ》れたようで、それは何よりだった。

しかしここまで結構移動《けっこういどう》してきたが、拍子抜《ひょうしぬ》けするくらい何もない。何かあるとすればそろそろだなと思っていると、小さな部屋のような場所に差し掛かった。

薄《うす》い壁《かべ》の向こうに実行委員の気配がしたので、何やらアクションがあるなと思っていたら、突然《とつぜん》大きな振動《しんどう》が空間を揺《ゆ》らした。

「きゃあああああああ」

即座《そくざ》にキャイアが叫《さけ》び始めて、その悲鳴に剣士の方が驚《おどろ》かされる。

小部屋ごと激《はげ》しく揺れていた。

どうやらリチアとアウラが、キャイアを怖がらせるためだけにわざわざ仕掛けたものなのだろう。

揺れはすぐに収《おさ》まった。

「な、何なのよ〜〜〜」

キャイアが泣きそうな声で呟《つぶや》いた。

「…………」

「ちょっと、何か言ったらどうなの？」

文句《もんく》を言おうとしたキャイアは、自分が剣士に全身でしがみついていたのに気付く。

「きゃ！　いや〰〰っ！」

すかさずキャイアは剣士を突き飛ばす。

「えー、抱《だ》きついてきたのはキャイアじゃないかー」

キャイアは剣士の言葉を無視《むし》すると、ズンズンと奥《おく》に向かって歩き出す。恐怖よりも怒《いか》りと恥《は》ずかしさが勝《まさ》ったようだ。

だがキャイアはほんの少し進んだところで、ピタリと足を止めた。

「どうしたの？」

剣士が様子を窺《うかが》ったと同時に、再《ふたた》びキャイアは剣士にしがみついてきた。

「え？」

その直後、先ほどとは違《ちが》う振動が、足元から伝わってきた。揺れこそ大きくはないものの、腹《はら》の底に響《ひび》くような長い振動だった。

「や、やだ……」

「キャイア、震《ふる》えてるの？」

キャイアはカタカタと小刻《こきざ》みに身体《からだ》を震わせながら、顔を剣士の胸《むね》に押《お》しつけている。

「大丈夫《だいじょうぶ》。もう揺れは収まったから」

「ほ、ほんと？」

キャイアは涙目《なみだめ》になって剣士を見上げた。まるで幼子《おさなご》のような頼《たよ》りなさだった。あのキャイアがこんな表情《ひょうじょう》をするとは想像《そうぞう》もしていなくて、剣士は変に焦《あせ》ってしまう。

まだキャイアの身体は震えていた。

剣士はキャイアを安心させるように、柔《やわ》らかく抱《だ》き締《し》めた。軽く頭と背中を撫《な》でて、気分を落ち着かせる。

今度はキャイアも剣士を突《つ》き飛ばすような真似《まね》はしなかった。しばらくそのままの体勢《たいせい》でいる。

五分くらいそうしていただろうか。二人の呼吸《こきゅう》が一つに重なって、やけに大きく聞こえてくる。

するとキャイアは、剣士の胸の中でくすくすと笑い出した。そして大きく息を吐《は》くと、ようやく顔を上げた。その頬《ほお》は上気したように赤かった。

「……もう大丈夫」

キャイアは珍《めずら》しくはにかんだ表情で、剣士からそっと離《はな》れた。

剣士も照れてしまって、なんだか上手《うま》く言葉が出てこない。その後、お互《たが》いにしばらく妙《みょう》にぎこちない態度《たいど》だったが、雰囲気《ふんいき》はそれほど悪くなかった。

実行委員が設定《せってい》した目的地はもうすぐだった。そこで証拠《しょうこ》となるカードを回収《かいしゅう》して、スタート地点の扉《とびら》に戻《もど》ることになる。

「でも何でそんなに地震《じしん》が怖《こわ》いの？」

「地面が揺れるなんて、普通《ふつう》じゃないでしょ！」

「スワンだって揺れるけど」

「スワンは浮《う》いてるもの。揺れて当たり前なの！　だいたい私がこうなったのも、小さい頃《ころ》に姉さんのイタズラで……」

キャイアは表情を曇《くも》らせて言った。よほど嫌《いや》な思い出でもあるのだろう。

メザイアが嬉々《きき》としてキャイアを可愛《かわい》がる姿《すがた》が目に浮かぶ。

「なるほど、幼《おさな》い頃の体験ってトラウマになるよね」

「わかる？」

キャイアは、まさかわかってもらえるとは思っていなかったという感じに、勢《いきお》い込んで剣士に聞いてきた。

「すっごくよくわかる。うちの義姉《ねえ》ちゃんたちもさ……」

剣士はそこまで言って、思わず呻《うめ》いてしまった。ろくな記憶《きおく》が蘇《よみがえ》ってこない。

「……？　どうしたのよ」

「ううん、何でもない」

剣士は気を取り直して歩き出した。

そのあとはしばらく何も起きなかった。ひたすら暗い通路を進んでいく。

「も、もう揺れないよね？」

「大丈夫だよ」

剣士は安心させるようににっこりと頷《うなず》くと、キャイアはほっと気を緩《ゆる》ませた。

「でも、地震というには少し変だったなあ」

剣士は小首を傾《かし》げた。

「変って、何がよ？」

「一番最初のは実行委員が仕掛《しか》けたものだと思うんだけど、そのあとの小さいのは不自然だったよ。普通、地震っていうのはある程度《ていど》、規則性《きそくせい》があるものなんだけど、でも今のは地震っていうより、何か巨大《きょだい》なものが動いたような感じだったけど……」

「こんな地下に、巨大なものって何よ」

「それはわかんないけど……、アウラ様の話だと、ここの地下には大崩壊《ほうかい》以前の遺跡《いせき》とかが眠《ねむ》ってるそうだし、それが勝手に動いたとか？」

「や、やめなさいよ……」

恐《おそ》ろしいものでも想像《そうぞう》したのか、キャイアの声が再《ふたた》び震え始める。

「じゃあ、急いで終わらせよう」

剣士はキャイアの腕《うで》を振《ふ》りほどくように歩き出す。

「ちょ、ちょっと待ってよ」

キャイアはそう言いつつも、剣士の肘《ひじ》の辺りを握《にぎ》って放さない。

剣士は自分の腕を見て、次にキャイアの顔をジト目で見た。

「少し落ち着いてからでいいでしょ」

「……でも……」

剣士はキャイアから視線《しせん》を逸《そ》らした。しがみついたキャイアの胸が肘に当たっていた。キャイアの弾力《だんりょく》のある柔《やわ》らかな感触《かんしょく》が深呼吸《しんこきゅう》とともに押し付けられ、気になって仕方がない。

そうこうしているうちに、ようやく目的の場所に辿《たど》りついた。置かれていたカードを回収した。あとは戻るだけだ。

「……でもこの地下施設《しせつ》って、何かが出そうな雰囲気《ふんいき》は、確《たし》かにあるわね」

カードを回収したことで、少し落ち着いたのか、キャイアは崩《くず》れかけた天井《てんじょう》や埃《ほこり》だらけの床《ゆか》を、携帯《けいたい》ライトで照らし出す。

太古の昔から増築《ぞうちく》を何度も重ねて発展《はってん》してきた場所らしく、ここは遥《はる》か昔に使われなくなった施設だ。

「何かって……幽霊《ゆうれい》？」

剣士の言葉にキャイアは恐る恐る頷いた。

「キャイアって結構《けっこう》強いのに、なんで幽霊なんて怖いの？」

「生身の敵《てき》はいくらでも対処《たいしょ》できるけど、幽霊はできないからよ」

キャイアらしい簡潔な答えに、剣士は苦笑《くしょう》とともに納得《なっとく》した。

「だいたい、あんたは怖くないの？」

「うん、まあ」

剣士は軽く頷いた。さすがにうちの義姉ちゃんに魑魅魍魎《ちみもうりょう》を呼《よ》び出して使役《しえき》するのが居《い》るから、とは言えない。

「さっきも、アウラ様に乗り移《うつ》ろうとして、失敗してたみたいだけど……まあアストラル形態《けいたい》の違《ちが》う他人に乗り移るなんて、絶対《ぜったい》に無理だから大丈夫《だいじょうぶ》だろうし……」

剣士の説明に、キャイアはぽかんと口を開けたまま固まっている。

「でも自然発生時に特有の冷起現象《げんしょう》は伴《ともな》ってなかったところをみると、やっぱり誰《だれ》かが意図的にやってるのかな……？　ここって、結構変な技術《ぎじゅつ》とかあるからな……もしかして、さっきの地震《じしん》はそれと関係あったのか？……って、あれ？　キャイア？」

キャイアは耳を塞《ふさ》いでぶるぶると震《ふる》えていた。涙目《なみだめ》になって、しかし今度は剣士をきつく睨《にら》んでいる。

「ば……」

「ば？」

「ばかーっ！　そういうことは早く言いなさいよっ！　こんなところにいたら呪《のろ》われちゃうじゃないっ。あんたのせいよ。どうしてくれるのよっ。もうっ、早く逃《に》げなきゃ」

「あー、キャイア、落ち着いてよ」

「落ち着いてられるわけないでしょ。だって幽霊よ。幽霊がいるんでしょ？」

「だから大丈夫だって。悪さをする訳《わけ》じゃないし、せいぜい他人の記憶《きおく》を読み取るだけだし。それに膨大《ぼうだい》なエネルギーを集束して、人工的にアストラルボディを実体化させたとしても、ちょっと人を脅《おど》かす程度《ていど》しかできないし。ほらそこにもいるけど、怖《こわ》くないでしょ？」

剣士が指差す先に、小太りの老人の姿《すがた》が淡《あわ》く揺《ゆ》らめいていた。なぜかその表情《ひょうじょう》は、恨《うら》めしそう……というか羨《うらや》んでいるように見える。

「うわ……出た」

何やら緊張感《きんちょう》のない剣士の言葉を無視《むし》し、そのアストラルボディは、ゆらりとキャイアに近寄《ちかよ》っていく。

「ひっ！　来ないでっ！　食べるなら剣士にしてっ！　私は美味《おい》しくないからっ！」

剣士にとっては取るに足らないことでも、キャイアにとっては十分に怖いようで大騒《さわ》ぎだった。何気に酷《ひど》いことも言っている。

すると再《ふたた》び足元が揺れた。

「きゃあああ！　あんた、もう揺れないって言ったじゃないっ！」

「大丈夫とは言ったけど、揺れないとは言ってないよ」

キャイアは本当に地震が怖いようで、幽霊を忘《わす》れ、泣きそうになるのを我慢しながらぶるぶると震えている。

今度は新たに背《せ》の高い老人と白髪《はくはつ》の老人が増《ふ》えていた。やはり揺れとアストラルボディには関係があるようだ。

しかしいつの間にか、小太りの老人の姿が見えなくなっていた。

すると突然《とつぜん》キャイアが、剣士の顔を見て顔面を蒼白《そうはく》にさせた。口をパクパク開けたり閉《と》じたりを繰《く》り返すばかりで言葉にならない。

「どうしたの？」

剣士が問いかけた瞬間《しゅんかん》、キャイアの絶叫《ぜっきょう》が響《ひび》き渡《わた》る。

「いやああああああ！　来るなっ、死ねっ、死ねっ、死ねっ！」

剣士の腕《うで》の中で、キャイアは滅茶苦茶《めちゃくちゃ》に暴《あば》れ始めた。

ゼロ距離《きょり》から繰り出されるパンチと蹴《け》りは、さすがに全《すべ》てを避《よ》けられない。だけどこのパニック状態のキャイアを解放《かいほう》するのも躊躇《ためら》われた。

「痛《いた》いって、キャイア、落ち着いて」

剣士はキャイアの両腕《りょううで》を押《お》さえ込《こ》むように覆《おお》い被《かぶ》さって抱《だ》き締《し》めた。しかしその時、カウンター気味にキャイアの頭突《ずつ》きをもろに受けてしまう。

「ぎゃっ！」

目から火花が出そうな衝撃《しょうげき》を額《ひたい》に受けて、意識《いしき》が飛びそうになる。

『ぐはっ、な、なんちゅう、おっかないお嬢《じょう》ちゃんじゃ』

と、その時、剣士の頭の中に、老人の意識らしきものが流れ込んできたかと思うと、自分の身体《からだ》から何かが飛び出していくのが見えた。

淡く揺れるそれは、一瞬小太りの老人の姿になってすぐに掻《か》き消えた。

「あれ？　剣士よね？　な、何だったのよ、今の……」

「たぶん、俺に同調しようとしたみたいだな……けど……」

アストラルはその形態が80％ほど同じでなければ、他者を操《あやつ》れるほど影響《えいきょう》を与《あた》えることはできない。だが実際《じっさい》には20％程度、同じアストラルを持つ者がいることは奇跡《きせき》なのだ。

そしてアストラルの同調は本来、アストラル海に記録されたものを読み取るためのもの。

今回は剣士の、キャイアに殴《なぐ》られた痛みの記憶《きおく》を読み取り、驚《おどろ》いて飛び出してしまったのだった。

「誰か知らないけど、ちょっと悪戯《いたずら》が過《す》ぎるんじゃない？」

剣士は残りの二人の老人たちに向かって言った。

「アストラルの同調って、そっちからの一方通行じゃなくて、こっちからも見えるってことなんだよ。異《い》世界の聖機師《せいきし》のお爺《じい》ちゃんたち」

「な、なんじゃと！」

「し、しまった」

二人の老人は逃《に》げるように、暗闇《くらやみ》に溶《と》けていった。

「やれやれ……」

「ど、どういうこと？」

キャイアは状況《じょうきょう》が理解《りかい》できずに、周囲をきょろきょろと窺《うかが》っている。

「行くよ、キャイア」

「ど、どこへ？」

「幽霊退治《たいじ》」

剣士はニッコリと笑《え》みを浮《う》かべ、キャイアの手を引っ張《ぱ》った。

＊＊＊

数人乗りの浮遊《ふゆう》プレートに乗り、剣士とキャイアは長い縦穴《たてあな》を降《お》りていく。

「つまりあの爺ちゃんたちは、俺のアストラルをコピーして、記憶を覗《のぞ》こうとしたんだよ」

肝試《きもだめ》しの会場となった場所には、アストラルをコピーする結界が張ってあった。だがひとりの人間のアストラルを完全にコピーするなど、たとえ聖地の大型結界炉《ろ》を全《すべ》て使っても数百年以上かかる。

「だからほんの一部分だけコピーして、一番印象的な部分を読み取ろうとしたんだ」

「……全然分からない」

キャイアは不満げに頬《ほお》を膨《ふく》らます。

「う〜〜ん。ぶっちゃけ、覗きをしようとした、って言えばいいかな？」

「覗きィ？」

「こっちも読み取れたのは、ほんの一部分だけど……まあ暇《ひま》つぶしって所かな？　あははは」

「笑い事じゃない！　私、本当に怖《こわ》かったんだから！……あのジジイどもめ……」

キャイアは固く握《にぎ》りしめられた拳《こぶし》を震《ふる》わせた。

「あんまり無茶《むちゃ》をしちゃダメだよ、キャイア」

その拳の威力《いりょく》を、身に染《し》みて知っている剣士は、キャイアをなだめようと必死だ。と、その時、覚えのある不快《ふかい》感が襲《おそ》ってくる。

「これって亜法《あほうよ》酔いだよね」

「くっ、そうね……」

大型結界炉から放たれる振動波が強くなっていて、亜法酔いが始まっていた。聖機人に搭載《とうさい》されている小型結界炉とは段違《だんちが》いに強烈《きょうれつ》だった。

それでもキャイアは、脂汗《あぶらあせ》を流しながら歯を食い縛《しば》って我慢《がまん》していた。よほど頭にきているのだろう。

キャイアほど堪《こた》えてはいないが、剣士も相当に気分が悪い。

「ほ、本当に……この先なの？」

「うん」

そういえば以前ハンナから、大型結界炉からエネルギー漏《も》れが起きているという話を聞いたことがあった。恐《おそ》らくそれが、今回の振動の原因《げんいん》なのだろう。

アストラルボディを一度に三体も実体化するような装置《そうち》を起動させれば、それくらいのことは起きてもおかしくはない。

結界炉の不快感も弱まった頃《ころ》、縦穴の終着点に到着《とうちゃく》した。

目の前の分厚《ぶあつ》い扉《とびら》を開け、通路を少し歩くと、そこは大きなドーム状《じょう》の空間だった。いろいろな機材や本やオモチャ。一種、趣味人《しゅみじん》の部屋にそっくりである。

「いた！」

突然《とつぜん》キャイアが叫《さけ》び、その視線《しせん》の向こうには、あの三人の老人がソファーの後ろに隠《かく》れて震えていた。

「なんでこんなことを？」

暴《あば》れるキャイアを羽交《はが》い締《じ》めにし、剣士は老人たちに尋《たず》ねた。

「はなせ剣士！　はなせ！」

「もう十分でしょ、キャイア……？」

目の前の老人たちは青あざやら鼻血を垂《た》らしつつ正座《せいざ》をしている。だがキャイアはまだ物足りないのか、暴れている。

「ほっほっほっ、少年よ、すまなかったのう」

「ちょっとした悪戯《いたずら》のつもりじゃった。そこまで怖がらせるつもりはなかったんじゃ。許《ゆる》してくれい」

背《せ》の高い老人と小太りの老人が、相次いで頭を下げた。白髪《はくはつ》の老人も頷《うなず》いている。

「申し訳《わけ》ない……ですが引退《いんたい》後はとても退屈《たいくつ》で……たまにこうやって集まっては、馬鹿騒《ばかさわ》ぎをするのが、私たちの唯一《ゆいいつ》の楽しみなんですよ」

「はた迷惑《めいわく》よ！」

「まあそう言わんでくれ。この学院にも儂《わし》らの孫やひ孫も居《い》ての……彼女らの行く末が気になるんじゃ」

「絶対《ぜったい》違うでしょ！　このスケべじじい！」

「退役した儂らにそんな色気は残っておらんて、ヒヒヒ」

剣士の羽交い締めで強調されたキャイアの胸《むね》を、いやらしそうに見る目に説得力は無い。

「じゃが昔の……お主のような若《わか》い頃の感覚を、もう一度体験したくての。これは年寄《としよ》りにしか分からんことじゃ」

「それでアストラルコピーを……」

「あまりうまく行かなかったがな。じゃがまあいろいろと楽しめたし、儂らはそろそろ退散するとしよう」

三人の老人はゆっくりと立ち上がる。

「誰が帰っていいと言ったぁ！」

「ヒヒヒ、まだ殴《なぐ》り足りないのなら、尻《しり》にしてくれんかの？　さすがにボディーや顔面はきつい」

「ふむ、それもなかなかに良いかもしれませんね」

「あんたのような若い娘《むすめ》に尻を叩《たた》かれるのなら本望《ほんもう》じゃ」

三人の老人は一斉《いっせい》に後ろを向いてお尻を差し出す。

「くっ！…………もういい」

さすがのキャイアも毒気を抜《ぬ》かれたのか、顔を背《そむ》け身体《からだ》の力を抜いた。

「そろそろ地上じゃな」

「抜《ぬ》け道はこっちです」

白髪の老人が他の二人を誘導《ゆうどう》する。迷《まよ》うことなく、聖地《せいち》の地下から小型の船の停泊《ていはく》した場所へと出た。背の高い老人を残し、二人の老人は早速《さっそく》船に乗り込《こ》み出航《しゅっこう》の準備《じゅんび》を始めた。

「少年よ、いつか再《ふたた》び会える日を楽しみにしておるぞ。いろいろと迷惑《めいわく》をかけたな、嬢《じょう》ちゃんや」

「とっと帰って、二度と来ないで！」

「ほっほっほ。そんなに怒《おこ》らんでくれ。そうじゃ、これは年寄りからの忠告《ちゅうこく》なのじゃが……」

背の高い老人は真面目《まじめ》な顔でキャイアを見る。

「歳《とし》をとってからではできぬことがある。それにの、どんな記憶《きおく》も後悔《こうかい》も……この歳になればよい思い出となる」

「えっ!?」

「恋《こい》せよ乙女《おとめ》。じゃあな、また来るぞ」

背の高い老人は、そう言うと、逃《に》げるように船に乗り込んでいった。そして風圧《ふうあつ》でキャイアのスカートをまくり上げ、猛《もう》スピードで飛び去ったのだ。

「この……二度と来るな！」

スカートをおさえキャイアは船に向かって怒鳴《どな》った。

「……やれやれ」

どこか憎《にく》めない老人たちに苦笑《くしょう》しながら、剣士は溜《た》め息をつくのだった。

＊＊＊

外は既《すで》に真っ暗だった。待っていたリチアとアウラに簡単《かんたん》な概要《がいよう》を伝え、歓迎会《かんげいかい》会場へと向かう。だがよほど疲《つか》れたのだろう、食事を詰《つ》め込んだキャイアは、ソファーにもたれかかって眠《ねむ》ってしまった。

剣士はキャイアを背負《せお》いながら、独立寮《どくりつりょう》へとゆっくり通学路を歩いていた。

「ん……う……うん……あれ？」

背中のキャイアが身じろぎをした。

「あ、キャイア、起きた？」

「……ふえ？　剣士？　ええっ⁉」

状況《じょうきょう》が呑《の》み込めていないのか、キャイアはいきなり暴れ出す。だがその力はやけに弱々しい。

「疲れたんでしょ。寮までおぶっていくから寝《ね》ていて」

「大丈夫《だいじょうぶ》よ、下ろしなさい」

「もうあとちょっとだから」

するとキャイアは、意外にもすぐに抵抗《ていこう》するのをやめた。

空を見上げると、強風の中、雲の切れ間から星が幾《いく》つか瞬《またた》いていた。この分だと、明日は久し振《ぶ》りに晴《は》れそうだ。

「…………今日は気を遣《つか》って誘《さそ》ってくれたんでしょ」

「何のこと？」

「ありがと」

「う、うん……」

素直《すなお》に礼を言うその態度《たいど》が、キャイアらしくなくて調子が狂《くる》う。

「さすがにあんたでも疲れたでしょ」

朝からずっと駆《か》り出されて、最後にあれだ。だが心地《ここち》よい疲れでもある。

「でも楽しかったよ。いろいろとね」

「あんたが止めなきゃ、私ももう少しスッキリできたんだけどね」

あの三老人のことだ。

「反省していたみたいだから、もう許《ゆる》してあげたら？」

「絶対懲《ぜったいこ》りてないわよ！」

「そうかな？……ぐえっ」

首が極《き》まっていた。

「苦しいよキャイア」

「フフッ、認《みと》めなさい。絶対懲りてないって」

「ええ？」

「また我《われ》だけ除《の》け者にして楽しそうじゃの……」

「きゃっ！」

後ろから突然《とつぜん》声をかけられ、キャイアは驚《おどろ》いて後ろを見る。

ラシャラがジト目で剣士とキャイアを見ていた。口を尖《とが》らせて拗《す》ねているようにも見える。

「ラ、ラシャラ様！　いつの間に？」

「歓迎会会場からずっと後ろにいた」

「こ、これは違《ちが》うんです。これはその……」

キャイアは剣士の背中《せなか》から無理やり下りた。

しかしその足はふらついており、剣士は慌《あわ》てて脇《わき》から支《ささ》えた。

「ふむ……。お主らずいぶん仲良くなったものじゃのう」

「あんたね、さっさと教えなさいよ！」

「あうっ」

キャイアは剣士を蹴飛《けと》ばして腕《うで》を振《ふ》り解《ほど》くと、今度はしっかりと両足で立った。

「あっ、そうだ！　帰りがけにリチア様にこれをもらったんですが……」

気まずくなった空気を変えようと、剣士はポケットからクリスタルを取り出した。

「それはまさか!?」

クリスタルを見たラシャラとキャイアは血相を変える。

「そ、それをよこしなさい剣士！」

キャイアは素《す》っ頓狂《とんきょう》な声を上げて、クリスタルを奪《うば》おうと手を伸《の》ばした。

しかし剣士はくるりと身を翻《ひるがえ》した。

一方のキャイアはつんのめって地面に倒《たお》れ込む。

「肝試《きもだめ》しの様子なんて面白《おもしろ》そうじゃない？　せっかくだからみんなで見ようよ」

「たわけ！　それはみんなで見るようなものではない！」

ラシャラも剣士の持つクリスタルを奪《うば》おうと手を伸ばす。

「キャイア、可愛《かわい》かったのに」

「ほう……それは興味《きょうみ》がそそられるのう」

と、ラシャラは繁々《しげしげ》とクリスタルを見つめた。

「い、いくらラシャラ様でも、それだけは見せられません！」

「そこまで言われると、ますます見てみたくなるではないか」

ラシャラはニヤリと意地の悪い笑《え》みを浮《う》かべた。

「ラシャラ様のも見るのならいいです」

「なっ！　なんじゃと」

「あっ、それいいですね。ラシャラ様も、結構《けっこう》可愛らしくて」

「お主〜〜〜、我《われ》を敵《てき》に回そうと言うか!?」

キャイアとラシャラの双方《そうほう》から睨《にら》みつけられて、剣士は脱兎《だっと》の如《ごと》く逃《に》げ出す。

「そうそう、ばあやさんたちにも見せてあげなくちゃ」

「このたわけ！」

「待て！　バカ剣士ィ」

こうして今年の肝試し大会は終わったのだった。

エピローグ

「やれやれ……」

背《せ》の高い老人は苦笑《くしよう》を漏《も》らしながら、遠くなる聖地《せいち》を振《ふ》り返った。

「ヒヒヒ、あの嬢《じよう》ちゃんには参ったのう」

小太りの老人は頰《ほお》をさすりながら笑った。

「いい刺激《しげき》ですよ。たまにはこういうアクシデントがないとつまらないですから」

白髪《はくはつ》の老人も、笑っている。

「やはり遠くから眺《なが》めるより、少しでも関《かか》わる方が面白《おもしろ》い」

「ほんに枯《か》れた身体《からだ》には、懐《なつ》かしくも嬉《うれ》しい刺激じゃったわい。あの娘《むすめ》、こう柔《やわ》こくて、いい匂《にお》いじゃったぞ。うひひひ」

「アストラルはもう止《や》めた方がいいでしょうね。聖地の施設《しせつ》にも負荷《ふか》がかかりますし……こちらの企《たくら》みも筒抜《つつぬ》けですし」

白髪の老人は他の老人たちを見ながら言う。

「そうじゃの。来年はいっそ生徒会と組んで、何かやらかすとするかな」

「それはいい」

三人の老人は顔を見合わせて頷《うなず》いた。

「しかしあの少年、思った以上に曲者《くせもの》じゃな。あの知識《ちしき》とあの体力………何やら、いろいろと訳《わけ》ありじゃて」

「フム……何やらミステリアスなのが、わしの若《わか》い頃《ころ》とそっくりじゃ」

「どこがじゃ！」

ボケる小太りの老人に、白髪の老人がすかさず突《つ》っ込みを入れる。

「ミャア」

その時、この船で飼《か》っているコロが白髪の老人の膝《ひざ》に飛び乗ってくる。

「おお、いい子にしておったか……おお、そうじゃ」

白髪の老人はコロを抱《だ》き上げる。

「どこか親近感があると思えばあの少年、こ奴《やつ》に似《に》ておるのじゃ」

「うん？……ガハハハハ！　確《たし》かによく似ておるわ」

「そうですね」

あそこに籠《こも》ってから結構《けっこう》な時間を過《す》ごしたが、あの少年は見ていて飽《あ》きることがなかった。

鍛《きた》え上げられた肉体と驚異《きょうい》的な耐久持続力《たいきゅうじぞくりょく》、周囲から好かれる性格《せいかく》、恐《おそ》らく男性聖機師《だんせいせいきし》として、相当な人気を得ることだろう。それはこの世界の歴史を変えるほどの存在《そんざい》になるやも知れない。

その行く末を見守ることは、今後の最大の楽しみとなる。いずれ激動《げきどう》の日々が始まるのはもはや間違《まちが》いはないと、背の高い老人は確信《かくしん》するのだった。

「とりあえず、来年が楽しみじゃ」

本当に懲《こ》りない……ジジイたちであった。

了

あとがき

「ノベライズやってみない？」

暇《ひま》になってぷらぷらしていた私に、そんな依頼《いらい》が舞《ま》い込んできたのが四月頃。

設定やキャラを考えなくていいなら、ある意味楽ができるかも……などと甘《あま》い考えで、軽く引き受けたわけですが、もちろんそんな簡単《かんたん》なものではなく。

何が一番苦労したかって、自分が作ったキャラクターではないので、どうにも頭の中で上手《うま》く動いてくれないことでした。

既《すで》に出来上がったキャラクター像を、いかに壊《こわ》さずに動かすか。

私の好みで自由気ままに動かすわけにもいかず、かといって登場人物たちがどんな奴《やつ》らなのか、資料とＤＶＤを見ただけでは、まだまだ理解が追いつかない。

それでもアニメではわからない心理描写《びょうしゃ》を加えていけば、各キャラクターの魅力《みりょく》を更《さら》に引き出せて面白《おもしろ》くなるのではないかと、色々試行錯誤《しこうさくご》しながら書き進めていきました。

素直《すなお》じゃないけど優《やさ》しい一面も見せるキャイアや、幼いながらも一国の王としての貫禄《かんろく》を見せるラシャラ、大きな包容力で主人公の剣士を見守ってくれるアウラなどなど、魅力的な女性キャラがてんこ盛りです。

しかし内面描写は本当に手探《てさぐ》り状態。彼女たちの魅力をいかに引き出すか。各キャラを理解するために、何度も資料に目を通して、何十回とDVDアニメを見ました。もう毎日夢に出てくるくらいに。

そうやって四六時中、惑星《わくせい》ジェミナーのことを考えているうちに、ようやく何とか歩き出してくれたのでした。

しかしここに至《いた》るまでにかなり時間が経《た》ってしまい、締《し》め切りはもうすぐそこ。あとは不眠不休の突貫工事《とっかんこうじ》で、原稿を仕上げたのでした。

いやほんと、間に合ってよかった。一時はどうなることかと。

結局、原作者の梶島《かじしま》さんに丸ごと一冊書き直してもらう勢いで手直しをして頂《いただ》き、完成と相成《あいな》りました。最後までお手を煩《わずら》わせてしまい、申《もう》し訳《わけ》ありません。

話変わって、表紙折り返しのところに著者《ちょしゃ》紹介文というものがあります。

和田《わだ》篤志《あつし》がどんな奴なのか、端的《たんてき》に表したものなわけですが、なぜかこの短い文章が、アニメ『異世界《いせかい》の聖機師物語《せいきしものがたり》』公式サイトで、ノベライズに対する著者からのコメントとして掲載《けいさい》されていました。

ええええええ〜〜⁉

こんなところで使われるなんて聞いてませんって。これじゃただのやる気無さそうな奴にしか見えないじゃないっすか。違《ちが》いますって。全然違いますよ。

こんなことなら、もっと格好《かっこう》いいこと書いておけばよかったと後悔《こうかい》してもあとの祭り。

というわけで申し訳ありませんが、著者紹介文は、

『イケメンかつスポーツ万能。若手IT企業家という別の顔も持つマルチタレント。暇潰《ひまつぶ》しで始めたFXでは、いち早くサブプライムローンの破綻《はたん》を見抜き、莫大《ばくだい》な利益を上げる一方、慈善《じぜん》事業にも熱心。人気女優と数多《あまた》の浮名《うきな》を流す風流人。』

以上に訂正《ていせい》させて頂きます。

……なんか書いていて空《むな》しくなってきた。

さて、本屋であとがきを先に見ている方のために、ここで『異世界の聖機師物語』の宣《せん》伝《でん》を少々。

このノベライズが発売される頃には、アニメは第6話がアニマックスでPPV放送されている頃でしょうか。

私も一ファンとして先が気になって仕方ありません。

第4話までは資料として一般公開前に見せてもらえましたが、今後は普通にリリースを待たなくてはならないのが辛《つら》いところです。

お気に入りのアウラ様の見せ場はやってくるのか、それを思うと御《ご》飯《はん》は喉《のど》を通りますが、おやつが喉を通りません。このままだと体重が減《へ》って、メタボ腹ではなくなってしまうじゃないですか。

まさにダイエットにも最適な『異世界の聖機師物語』。

そして世界各地から続々と届く絶賛《ぜっさん》の声。

「『異世界の聖機師物語』のお陰《かげ》で、彼女が出来ました」（某《ぼう》ノベライズ作家・和○篤志）

「もう泣けて泣けて。このアニメ見なきゃダメよ!!」（某映画評論家《ひょうろんか》・お○ぎ）
「（『異世界の聖機師物語』を見て）イキそうになりました」（某大リーガー・イチ○ー）

ああ、一家に一台『異世界の聖機師物語』。ビバ『異世界の聖機師物語』。

そんなわけで、今後ともアニメ、ノベライズ、コミック含めて、『異世界の聖機師物語』を、どうぞよろしくお願い致します。

２００９年７月　和田篤志

富士見ファンタジア文庫

異世界《いせかい》の聖機師《せいきし》物語《ものがたり》

平成21年8月25日　初版発行
平成22年1月20日　四版発行

原作——梶島正樹《かじしままさき》
著者——和田篤志《わだあつし》

発行者——山下直久
発行所——富士見書房
〒102-8144
東京都千代田区富士見1-12-14
http://www.fujimishobo.co.jp
電話　営業　03(3238)8702
　　　編集　03(3238)8585

印刷所——旭印刷
製本所——本間製本

ISBN978-4-8291-3428-3 C0193

「私の毒をあなたに入れる。
決して離れられなくなるように」
――でも、最低な俺は
何もかもを忘れていた

最強！王道戦記ファンタジー!!
貴族主義が進み
腐敗した王国の辺境で起こる反乱。
反乱軍には風の戦乙女を率いる知神ジェレイド。
ファンタジア文庫

王国軍には火の衣をまとう剣神アレス。
二人の英雄が激突するとき、
壮大な歴史が動きだす!!
師走トオル
TORU SIWASU
イラスト：光崎瑠衣
illustration: RUI KOSAKI
火の国、風の国物語
（シリーズ以下続刊）
●既刊
火の国、風の国物語 戦竜在野
火の国、風の国物語2 風焔相撃
火の国、風の国物語3 星火燎原
火の国、風の国物語4 暗中飛躍
火の国、風の国物語5 王女勇躍
火の国、風の国物語6 哀鴻遍野